Gisela Steineckert

Alt genug, um jung zu bleiben

Das Neue Berlin

Meinen lieben Gefährten
Wilhelm und Laura Marie

Inhalt

Es gibt eine Mitte im Leben, wo alles noch möglich ist …

Das habe ich in einer Lebenszeit geschrieben, in der alles noch möglich war oder schien. Es gab mich, es würde das Glück geben und die große Liebe. Andere hatten beides, also, wenn ich es schon nicht hatte, konnte ich es doch noch kriegen, ausgerechnet ich, die damals leicht aus den Händen ließ und auf das wirkliche Wunder wartete, die diamantene Bringeschuld durch ein anderes Wesen.

„Du kannst dich noch dreimal erheben, wenn du dreimal gefallen bist."

Ich war dreimal gefallen, einmal sogar hart aufgeschlagen, ich hatte mir Niederlagen bereitet, anderen solche zugefügt, aber ich lebte noch.

Es war Hoffnung, woraus ich schöpfte. Die Kraft, die verschwendet wurde, gab es immerhin. Ebenso wie die, der mein wachsender Verstand nur langsam verständigere Aufgabe zuwies.

Es war alles möglich, wenn auch von vielem abhängig. Vom Zufall, vom richtigen Augenblick am richtigen Ort, von Einsicht und Mühe, von einer vielleicht doch eingreifenden höheren Macht, woraus immer die bestehen mochte.

Damals beobachtete ich alte Leute, wie ich alles aufmerksam beobachtete. Sie waren mir befremdlich oder Vorbild, aber ich war noch in mein Spiegelbild vertieft, träumte noch, und hatte mir nichts Bestimmtes vorgenommen für eine Zeit, die kommen würde, auch für mich. Eine, die ich nicht nur hinnehmen, sondern mit eigenen Plänen und Entscheidungen gestalten würde. Wie das aussehen könnte, und was ich da unter allen Umständen durchsetzen würde, wußte ich noch nicht.

Aber auch ich würde einmal alt und vieles vielleicht

dann erst möglich sein, so glich sich das vorerst Wirre und Kunterbunte aus, nichts blieb dann nur Traum und Wunsch.

Es kam so, na ja, fast so. Alles wurde möglich, mehr noch, es war fast alles erlaubt. Einer der schönen Gewinne des Alters ist, daß die vorher immer einengenden Regeln aufgehoben scheinen.

Ich bin alt genug, um jeden Menschen umarmen zu dürfen, wenn ich das möchte. Ich darf Männern sagen, daß ich sie lieb habe, und es wird klar sein, daß ich damit Dankbarkeit und Respekt, daß ich Wohlgefallen ohne Begierde meine.

Ich darf müde sein oder tun und mich zu meinen Eigenheiten bekennen. Vorher galten die leicht als zikkig oder arrogant: „Die ist ein ausgesprochener Partytod, ladet die bloß nicht ein –“ Stimmt, ich werde maulfaul, wenn ich in größerer Runde an oberflächlichen Gesprächen teilnehmen soll. Die andern sind ja nicht dumm, nicht dümmer als ich, aber die Situation senkt die Chance, auch nur drei Sätze ungestört miteinander zu wechseln. Die Fähigkeit zu plaudern, modisch auch Small Talk genannt, fehlt mir, weil ich nicht essen mag, nicht rauche und nur Tee oder Wasser trinke. Ich möchte mich nur so bald wie möglich verdrücken.

Das war früher schwierig, zum eiligen Aufbruch fehlte mir auch das Selbstbewußtsein, und es gab immer Vorwände, zu lange zu bleiben: Ich hätte jemanden gekränkt, etwas Wichtiges überhört, mich an spontaner Verschwisterung nicht beteiligen können und also vielleicht einen Vorteil versäumt.

Aber nun bin ich herrlich alt. Ich stehe einfach auf, wackle mit den Fingern, lache alle an und gehe einfach, denn ich bin die Älteste am Tisch und darf das. Was nach meinem Abgang noch gesagt wird, erfahre ich morgen als Anekdote, aber soviel ich weiß, habe ich bisher keinen verheißungsvollen Aufbruch, keine segensreiche neue Verbindung und überhaupt nichts Wesentliches verpaßt.

Ich darf auch bekennen, daß ich etwas nicht verzeihen werde und einem Menschen also unversöhnlich bleibe. Eine um eine Epoche zu spät vorgebrachte Entschuldigung darf ich zurückweisen. Ich muß nicht ausrechnen, ob mir das im späteren Leben vielleicht schaden könnte, denn dieses spätere Leben wird langsam für mich absehbar, und dieser an mir schuldige Mensch kommt in meinen schönen Bildern hinter müden Augenlidern nicht vor.

Vermutlich entschließen sich andere in viel jüngeren Jahren zu solch vernünftigem Verhalten, aber die Frieda Duckmaus in meiner Seele war eben von Kindheit an emsig tätig, mich verlegen zu machen und mir Schneid abzukaufen.

In meiner frühen katholischen Prägung schien dies ein nachwirkendes Gesetz zu sein: Man muß auch verzeihen können. Verzeihen kann ich aber nur, was ich verstehe, was ich irgend nachvollziehen kann. In solchem Bemühen, das lange und immer wieder in mir aufsprang wie eine giftige Blüte, lauern Enttäuschungen. Was ich mir erklären wollte, suchte ich in meinen Regeln. Aber die waren oft nicht identisch mit denen eines anderen, der mich verletzt hatte. Tat er es zu seinem eigenen Vorteil, dann mußte dies oft nur wenig mit mir zu tun haben.

Da hat mir jemand in einer danach gierigen Öffentlichkeit aufs Herz getreten, eine Lüge in die Welt gesetzt, die sich seitdem als allfälliges Zitat durchzieht, bis in Eintragungen von Gästen im Internet.

Ich muß die miese, verdruckste Erklärung, die mir ein Jahrzehnt später hintenrum angetragen wird, nicht akzeptieren. Es wäre ein Leichtes, wenn unter vier Augen etwas unterstellt oder behauptet worden wäre. Das könnten wir den überfordernden Zeiten anlasten und es aus dem Leben streichen. Du nimmst es zurück, na ja, ich manche Worte auch.

Aber ich bin alt. Ich muß einen Anschlag auf meine Bemühung, integer zu leben, nicht verzeihen, und ich tue es nicht. Die Liste der Menschen, mit denen ich nichts mehr zu tun haben will, ist kurz, aber es gibt sie, und ich werde bei meinem Verdikt bleiben.

„Vielleicht kamst du groß in dein Leben, und wenn du mal gehst, bist du klein."

Das ist eine einfache Wahrheit. Wir kommen auf die Welt und sind begabt. Nicht für alles, und unser Besonderes muß nicht gleich sichtbar sein. Vielleicht ist es auch etwas anderes, als sich unsere Eltern erträumt oder leider für uns vorgenommen haben. Aber es ist in fast jedem von uns, es pocht von innen und will entdeckt, gefüttert und herausgefordert werden. Jeder kann ein besonderer Mensch werden. Wenn es ihm nicht verstellt oder verprellt wird, nicht gering gemacht oder gänzlich entmutigt, bis es sich umkehrt in Wut und Haß.

Kann man das auch anders sehen?

Es ist kalt in der kleinen brandenburgischen Kirche. Eine junge Frau hat mich und Publikum eingeladen. Ich kannte sie, als sie sehr jung war, und nun sind einige Jahreszeiten drüber gegangen. Sie hat Gedichte von mir vertont, die werde ich hier zum ersten Mal hören, und Leute sind auch gekommen. Honorar gibt's keins, Eintritt wurde nicht verlangt, aber der Weg war nicht zu weit, und ich hätte mir dicke Socken anziehen können, an den kalten Füßen bin ich selber schuld.

Die Interpretin singt zu eigener Melodie die Verse von der Mitte im Leben … aber bei ihr lautet die Schlußzeile: „Vielleicht kamst du groß in dein Leben/ und wenn du mal gehst, wirst du noch größer sein …"

So hätte ich das nie geschrieben. Frieda in mir meint: Nimm es hin, wir sind in einer Kirche, du kannst hier nicht anfangen zu streiten, die Leute haben gar keinen Unterschied bemerkt.

Ich frage sie aber doch, und sie erwidert, ihr gefällt der Text so besser, und ich sage: Dann mußt du dir zu deinem Gedanken ein eigenes Lied schreiben.

Wir bringen es freundlich zu Ende, aber ich habe sie

beim Singen meiner Texte angesehen, und ich habe mich erinnert: An den Sommer vorher, als die Gäste, erstaunlich viele, am frühen Nachmittag gekommen waren, um etwas über das erste Buch einer jungen Frau zu erfahren, deren Aufzeichnungen ich ins Leben helfen konnte. Wir saßen auf einer grünen Wiese, und die Kühe, weit genug entfernt, muhten, ohne zu stören, Schafe meckerten drein, der Wind war uns blassen Stadtmenschen tröstlich, und wir wurden nicht müde, diese Idylle zu loben, nachdem es uns gelungen war, auch unser Auto über eigentlich unbefahrbare Waldwege herzulenken.

Die Gäste müssen gespendet haben, denn wir wurden in die Küche geladen, und dort war es bäuerlich üppig: Schneidet euch ab, packt euch aufs selbstgebakkene Brot, den frischgeräucherten Schinken, die Wurst, auch aus den Gläsern vom Geschlachteten, Käse, selbstge-was? gekocht, geräuchert, edel schimmeln lassen … Irdene Töppe, für Tee oder Kaffee, alles da, was der Mensch an einem wundersam einzelnen Sonntag auf dem Lande begehren könnte.

Damals war es freundlicher und tiefer Sommer, als wir in jenem Künstlerhaushalt bei nicht ganz jungen Aussteigern Sonne tankten, Ruhe priesen und uns mehrerer Tiere erwehrten.

Drinnen sah ich viele Bilder an den Wänden, auch Fotos, wohin ich blickte, Töpferarbeiten, mehrere Staffeleien mit Entwürfen – und sie, dieses Kraftpaket, über vierzig Jahre lang auch Stadtkind, stand inmitten all der Überfülle und Fülle und versuchte, sich am Handy kurz zu fassen, gleichzeitig neue Gäste zu begrüßen, die sich verspätet hatten und die, wie alle anderen vorher, über den reichlich holprigen Weg lachten, aber die Männer sahen beim Gedanken an den Rückweg nicht besonders amüsiert aus.

Ich stand nur da, tat beschäftigt unterhaltsam, ach, das ist dein Kind, auch schon erwachsen, sag bloß, draußen zogen zarte weiße Wolken auf, die Mutter der literarischen Debütantin war selig, wenn auch wie immer in leiser Anspannung, weil der Vater es abgelehnt hatte zu erscheinen. Er hätte mit Recht harsche Worte über seine Pädagogik fürchten müssen, aber sie waren so nicht geschrieben worden. So fügte er seinen früheren Ungerechtigkeiten durch sein Fernbleiben nun eine neue hinzu.

Die Natur log uns einen Frieden, den es nicht gab. Sie weckte Sehnsüchte nach mehr Ruhe, mehr Unterbrechungen an zu langen Tagen, mehr solcher seligen Augenblicke zwischen Dösen und Aufmerksamkeit, auf der Wiese, mit einem Teetopp in der Hand, mitten in einer total anderen als der früher gewohnten Welt. Rings ums Haus standen Autotypen, die es hier vorher nie gegeben hätte. Kaum einer der Gäste arbeitete noch in seinem erlernten Beruf. Ich spreche mit einigen, die versuchen, mit Courage etwas zu packen, was vielleicht ein Fang wird, vielleicht in eine Pleite führt. Sie sind besser angezogen, aber dieser Satz stimmt so auch nicht. Die früher leicht erkennbare Norm der Kleidung – „was es eben grade zu kaufen gab“ – ist einer anderen Norm gewichen: Seht her, das bin Ich, so wie Ich aussehe, wie ich mich heute und hier gut fühle.

Ich sehe meinen Mann von der Seite an, nicht ohne einen leichten Schmerz in der Herzgegend. Wie oft hat er gesagt: Wir ziehn nach Wiesenburg. Das ist ein Ort, den es gibt, den wir aber beide nicht kennen. Orplid für ihn, lange Zeit, dort könnte er Katzen halten und noch viel mehr Schwalbennester haben als auf unserem Balkon, könnte hämmern und streichen und wieder in die Natur eintauchen.

Er weiß selber, daß es zu spät ist, und auch in den schönsten Gegenden mischen sich die Generationen nicht mehr zu natürlicher Folge von Tod und Leben. Wir sind für weniges zu alt, aber für Wiesenburg bestimmt. Mein Zimmermann würde bemerken, daß es lange her ist, seit er die Regale und Lauras Wickeltisch selber gebaut oder begeistert den Beton durchbohrt hat für die lieben Schwalben, das konnte er, hätte nur eine Brille aufsetzen müssen, das hätte uns den Weg zur Unfallklinik erspart. Sie haben ihm die Betonkrümel aus dem Auge geklaubt, damals, aber ich glaube, heute würde ihn nötige Einsicht aufhalten.

Wir wohnen, wo wir gewohnt haben und wohnen werden bis zu unserem Ende.

Es gefällt mir, so ein Nachmittag an einem warmen Sonntag auf dem Lande, eigentlich gefällt mir alles hier, aber besonders, weil ich nur Besucherin bin. Eine freundlich aufgenommene, nett behandelte. Ich muß nachher diese vielen Stühle nicht wieder in den Schuppen schleppen, ich muß die Berge von Geschirr nicht abwaschen, nicht die Torten unterbringen, den Blechkuchen, den Schinken, ich bin nicht das ausgebüxte Stadtkind, das sich jetzt schon eine Strickjacke anzieht, weil es drinnen zu kalt ist wie draußen zu heiß. Wir versuchen uns der Mücken zu erwehren, Fliegen, Wespen und Bremsen sitzen auf den Tellern, aber der Waldrand ist so wunderbar nah und duftend. Dahinter, sagt die langsam ermüdende Gastgeberin, da liegt schon jahrelang der Boden brach. Da kriegen sie Geld für. „Guter Boden, glaube ich." Was haben die früher angebaut? Weiß sie nicht.

Sie ist in der Mitte ihres Lebens. Ohne amtliche Bindung ist sie mit einem Mann aus der Falle von Arbeitslosigkeit und Scheinbeschäftigung gesprungen. Die Lage hat sie herausgefordert, und sie hat sich ihr gestellt. Mir ist, als ob ihre gesamte Lebensart wie mit einer großen Kuchenzange aus der Mitte einer Stadt in eine scheinbare Idylle getragen wurde. Der Winter hier ist hart, da kann man immer nur einen Raum richtig warmkriegen. Macht nichts, sagt sie. Aber hier bin ich glücklich, hier komm ich endlich zu mir selber.

Ja, sage ich, und weiß nicht genau, was sie meint, was ich meine und was ich glaube.

Wir Weiber möchten meist in unserer Vorstellung vom sinnvollen Leben einen großen Traum verwirklichen. Der hat immer in uns Platz, neben dem kleinen von Nachbars Hans, der uns aber nicht will, weil er uns zu lange und zu gut kennt. Den treffen wir auch noch zweimal, und dann mag es ihm leid tun, besonders dann, wenn wir uns ordentlich gehalten haben und alt genug sind, ihm so nebenbei sagen zu dürfen, daß wir mal ganz schön verknallt in ihn waren. Da wird der Zweifel in ihn fahren, ob er nicht das Beste verpaßt hat. Weil wir ihm nun fremd sind und, das hat mir der Teufel gesagt, vielleicht zufriedener wirken als die andere, die er hätte glücklich machen sollen.

Ich habe immer gewußt, daß ich mindestens einen Himmel stürmen will. Welchen, das habe ich nicht einmal geahnt. Wenn ich es mir vorzustellen suchte, sah ich mich als zweite Florence Nightingale fiebernde Männerstirnen kühlen, sah mich als Pilotin, als geliebte und verstehende Lehrerin, nach jedem Kinobesuch als Schauspielerin. Und weil ich alt genug bin, darf ich heute darüber lachen. Ich wäre eine schlechte Schauspielerin geworden, auch wenn ich mit meinen eigenen Texten auf der Bühne umgehen kann. Mir fehlt die Fähigkeit, Verabredetes zu fixieren, also viele Abende lang immer das gleiche zu spielen. Ich würde gern malen, habe ich gedacht, aber ich konnte nicht einmal einen vor mir liegenden Apfel getreulich abzeichnen. Ich sah mich als spätere Schachgröße, Köchin, Wanderpredigerin, Hebamme, eigentlich Ärztin.

Eine gute Schachspielerin war ich nie, denn ich habe kein strategisches Talent; als Köchin war ich fabelhaft beim Improvisieren und Hantieren mit überraschend nötigen großen Töpfen, aber seit mehr als dreißig Jahren habe ich den Vergleich und weiß, daß ich außer phantasievollen Eintöpfen eigentlich nicht kochen kann.

Wanderpredigerin bin ich geworden, das hat sich so ergeben.

Arzthelferin war ich auch, und das Interesse an der Medizin ist mir geblieben.

Ich stellte mir nie vor, daß ich später schreiben würde, weil ich glaubte, das tut jeder. Ich wollte ja auch nicht Atmerin werden. Lesen und schreiben habe ich nie als Vision erlebt. Es war Teil von mir, wie meine Hand oder mein Herz.

Ich weiß zu wenig, sehe noch immer nicht genau genug hin, trage zuviel Ballast, und die Armseligkeit meiner erworbenen Bildung hält mich immer auf, wie traurig und wie wahr.

Aber Nähe habe ich anzunehmen und zu geben gelernt, Liebe nehme ich als alltägliche Arbeit auf mich, weil sie mir ebenso auch zuteil wird. Und eins kann ich allen Frauen verraten: Alles, was in den jüngeren Jahren gut getan hat, alles, was befriedigt sein wollte, das lebt und pulst noch, wenn du nicht unglücklich und in einer Art Koma bist, Weib. Auf solche Weise und aus schlimmem Grund war ich einmal mit zwanzig Jahren wirklich alt. Hat gedauert, bis ich wieder zu mir selber wurde.

Nun weiß ich sicher, wie verlierbar Freundschaft, Liebe und jeder schöne Augenblick ist. Nicht jammern, sondern genießen. Das Alter hindert daran am wenigsten.

Und sage mir nicht, daß dauernd etwas weh tut. Das war doch in der Jugend nicht anders. Geben wir es zu, und oft haben wir uns den Schmerz selber bereitet.

Dafür sind wie natürlich auch weiterhin anfällig, denn gefeit sind wir gegen gar nichts. Nicht einmal in der Zeit, in der alles möglich ist und das meiste erlaubt.

Pflaumenknödel mit Hut

Ich sage zu ihm: „Schade eigentlich! Was ich bis jetzt nicht erlebt habe, wird mir nun auch kaum noch zuteil werden. Es ist für vieles zu spät."

Er: „Sag mal ein Beispiel. Ich werde dir sofort beweisen, daß alles noch geht. Wenn man bloß will. Es ist immer noch genug Zeit."

„Kaum!" Ich! „Ich habe dich in dreiunddreißig Jahren nicht mit einem Hut auf dem Kopf gesehen. Gerade das hätte mir vielleicht sehr gefallen."

Er hat gesagt, er hatte früher immer Hüte auf. Da kannten wir uns bloß noch nicht.

Dann haben also die Frauen vor mir dich mit Hut erleben dürfen, bloß ich wieder nicht?

Ich hatte schöne Hüte, hat er gesagt. Aber wenn ich einen aufhatte, kam ich durch keine Tür.

Ich hab gesagt, man nimmt ja auch für drinnen vorher seinen Hut ab. Und du hast mit der ersten Frau im Altbau gelebt. Da könntest du doch gut durch die Tür gekommen sein.

Nein, sagte er. So'n Hut macht zwölf Zentimeter höher, da war ich dann über zwei Meter und bin nicht durch die Tür gekommen.

Ich: „Jetzt wohnen wir schon ein halbes Leben in der Platte, da kommst du erst recht nicht mit Hut durch die Tür. Es war also nicht Geringschätzung mir gegenüber, sondern blanke Unmöglichkeit, wie sie das Leben so mit sich bringt? Das möchte ich schon glauben, aber ich hab ein Foto von dir gesehen, da hattest du einen Strohhut auf."

Er hat gesagt, ja, aber den hab ich durch Aserbeidshan getragen und dort auch verloren.

Ich hab gesagt: „Ich werde niemals eine richtige Seereise erleben. In der DDR hatten sie mir eine angeboten, auf der Völkerfreundschaft, aber die habe ich abgelehnt, denn du durftest nicht mit, und ich dachte damals, wenn sie dich als Geisel behalten, da können sie doch nur denken, wir zusammen würden für immer auf dem Schiff bleiben oder unterwegs aussteigen und die Familie und unser ganzes Leben hinter uns lassen."

Er hat gesagt, er hat dienstlich mehrere große Schiffsreisen erlebt, und jedes Mal war er nachher der einzige, der das Buffet leer essen sollte. Alle anderen hatten Angst, sie müßten sterben. Das war aber auf hoher See. Das Unrechtsregime hat dich daran gehindert, dir die Seele aus dem Leib zu würgen. Du spuckst schon, da hat das Schiff noch gar nicht getutet, geschweige abgelegt, und unterwegs hättest du auch zuerst Angst, daß du sterben mußt, aber nachher noch mehr vor dem Weiterleben.

Ich hab gesagt, das weißt du nur von unserer einmaligen Überfahrt nach Hiddensee, und da war Sturm, Windstärke 14.

Er hat gesagt, Flugzeug, Schiff oder Kettenschaukel, immer dasselbe. Der totale Zusammenbruch.

Autofahren früher auch, hab ich gesagt. Aber inzwischen nicht mehr.

Er hat gesagt, beim Autofahren wird dir nur deswegen nicht schlecht, weil du anders nicht hinkommst, wo du hinmußt.

Ich hab gesagt, ich werde auch nie mehr 35 Pflaumenknödel mit brauner Butter, Zucker und Zimt machen, wo du gesagt hast, die ißt du nicht, und die Töchter haben gesagt, sehr schön, da bleiben sie für uns, und dann hast du sechs Knödel gegessen.

Und deswegen, hat er gesagt, wirst du nie mehr welche machen?

Nein, hab ich gesagt, ich bin ja nicht unversöhnlich und kenne deinen Widerwillen gegen alles, was du nicht schon immer gekannt hast. Ich habe das Rezept vergessen, und meine Mutter war die einzige, die es kannte.

Er hat gesagt, wie ich die Kochkünste deiner Mutter gekannt habe, wußte die selber nicht, wie die Knödel entstanden sind.

Ich hab gesagt, du sagst es. Man wiegt nichts ab, man guckt nicht hin, schmeißt alles in eine Schüssel, rührt ein bißchen um, Prise Salz, Butter inzwischen bißchen angebrannt, einzigartig kanzerogen, schwärzlich, aber nie ganz schwarz, und am Ende sind die Pflaumen drinnen saftig und alles ist köstlich. Zur Hochzeit meiner Schwester hat sie fünfzehn verschiedene Torten aufgebahrt, von Frankfurter Kranz bis Streuselkuchen und alle aus demselben Teig, den sie in der großen Zinkbadewanne angerührt hat.

Er: „Hat es einer gemerkt? Nein! Und diese Geschichte hast du mir auch schon 25mal erzählt. Warum?"

Weil ich damals gerade mein moralisches Hoch hatte und empört war, wie sie die Gäste mit der Vielfalt ihrer köstlichen Produkte verscheißert hat, und hinterher hat sie sich die Hüften gehalten vor Lachen, daß die alle auf denselben Teig reingefallen sind. Wir haben die Formen und Bleche gebuttert, dann wurde der Riesenteig verteilt, ab zum Bäcker, und hinterher hat sie die einzelnen Kuchen unkenntlich gemacht. Mit Schokoladenguß, Pudding und Marmeladen.

Er hat gesagt, er findet mich nachtragend. Erstens ist die Sache an sich doch ulkig, neunzehnhundertzweiundfünfzig, ich bitte dich. Gab kaum was, und auf einmal stehn da lauter Kuchen rum. Ist kein Grund, nach fünfzig Jahren noch mal wütend zu sein.

Doch! hab ich gesagt. Weil sie immer so war und ich nie so werden kann. Aber ich bin auch nicht mehr der gleiche Mensch. Ich habe nicht umsonst mit dir gelebt, und möge es ewig so weitergehen, aber ohne Abwiegen und Teigruhe und so würde ich das heute nicht mehr können, und dadurch würden die Pflaumenknödel nichts werden. Die haben von der Unkundigkeit und dem Leichtsinn meiner Mutter ihr Gedeihen gehabt.

Er hat gesagt, du ißt doch sowieso keinen Zucker, und braune Butter auch nicht, und eigentlich will man doch nur die geschmorten Pflaumen essen, daran und mit Süßstoff hindert dich ja niemand.

Ich hab gesagt: „Und? In diesem Leben werde ich trotzdem kein Bordell von innen sehen, wo ich schon immer vor Neugier geplatzt bin. Und ich werde nie erfahren, ob du mir persönliche Kenntnisse voraushast. Hast du? Nein, wohl eher nicht!"

Er hat gesagt: „Was heißt denn das? Hätte ich die Tür nicht gefunden? Oder wäre ich zu blöd gewesen?"

Nein, hab ich gesagt. Aber du bist pingelig. Du läßt das Essen stehen, wenn der Rand vom Teller nicht ganz sauber ist. Wie nun erst, wenn La Fionella, oder wie sie heißt, dich als Nummer sieben empfangen würde. Du hast dir das vielleicht als Junge immer vorgestellt. Wenigstens öfter mal, aber du brauchst ordentliche Verhältnisse. Du brauchst mich. Und ich wäre durch jede Tür gekommen, wenn ich je einen Hut gehabt hätte.

Er hat gesagt: „Hast du doch gehabt. Den mit den riesigen schwarzen Hasenohrn, Schleier und Pünktchen."

„Vergiß es. Das war vor dir. Der zählt nicht."

„Und auf dem Foto der helle, mit der riesigen Hutnadel und so'm Glaswürfel vornedran? War das nicht deiner?"

„Auch fünfzig Jahre her. Mit dem hab ich sehr Trauriges erlebt, an den will ich nicht erinnert werden."

Er hat gesagt: „So nicht. Auf dem Foto von deiner ersten Hochzeit hast du doch hinter der komischen Frisur so einen großen Deckel kleben, mit Gummiband unterm Kinn. Das sind dann schon drei. Hüte, wohlgemerkt. Ich habe diesmal nicht gesagt: Kerle."

„Dies blöde Ding", habe ich gesagt, „war gepumpt. Und es hat mir ja auch kein Glück gebracht, sonst wäre ich jetzt nicht hier, sondern dort. Und es geht doch nicht um einen Hut, wieso denkst du, es geht um einen Hut? Es ist sowieso zu spät. Ich bin als Hutlose in Begleitung eines hutlosen Herrn bekannt, das kann man nun nicht mehr ändern."

„Und deswegen fühlst du dich unbehütet?"

Na, das nun nicht. Aber ich werde nie erfahren, wie wir beide mit Hut vor dem Fernseher gesessen und uns „Scheibenwischer" angeguckt hätten. Die einzige Sendung, die wir gemeinsam sehen. Wegen Richling.

Er hat mich lange angeguckt. Und dann hat er gesagt: „Meine Mutter hat mich vor dir gewarnt. Aus vielen gehässigen falschen Gründen. Aber sie hat auch gesagt, daß du ungewöhnlich albern bist. Durch deine Mutter verlieren wir nun die gepanschten Pflaumenknödel, und meine Mutter kann mich nicht mehr über dich aufklären. Sie hat recht gehabt, du bist albern."

„Vielleicht, aber ich werde nie mehr erfahren, wie sie geguckt hätte, wenn ich ihr einmal meine Meinung zu ihrer Meinung über mich gesagt hätte."

„Ruhe in Frieden."

„Wer? Ich?"

„Du doch nicht. Natürlich SIE!"

Ich wollte ihm noch ausführlich erklären, wie gern ich mein eigenes Ende und dann meine Wiederkehr erleben würde und als was ich gern zurückkäme, aber da war er schon ab in die Küche, hatte sich sozusagen den Kochhut aufgesetzt, und wenig später fing es an, so eindringlich zu duften, daß ich ihn abermals verehrte und mich nur wieder einmal fragte, warum einer, der so schöne Künste kann, vorher immer so lange dummes Zeug redet. Männer! Kennst du einen, kennst du alle.

Rendezvous mit Damen

Der junge Mann traf die Schönheit. Sie sagte, du bist ein großer Verlieber, das soll auch noch eine Weile so bleiben. Aber vergleich den Gegenstand deiner Gefühle nicht immer mit den Bildern aus dem Katalog. Strebe nicht nach fremder Vollkommenheit, nur weil du dich dann in den Augen anderer Männer besser fühlst. Ich bin auch nur eine oft kurzlebige Norm nach der Mode, nur ein Etikett. Überschätz mich nicht.

Der junge Mann sagte: Lieben könnte ich nur eine, die so aussieht, daß du allen einfällst, sobald ich mit ihr auftauche.

Hallo Schönheit, sagte die Chance, und zu dem jungen Mann: „Ach, du bist es. Sie ist schon nett, die da. Aber sie bringt wenig zustande. Schönheit allein bedeutet nicht viel, auch wenn sie angebetet wird. Ganz ohne sie habe ich's oft schwer. Sie springt ins Auge, paart sich aber leicht mit Abheben und übertriebener Eigenliebe. Ohne mich bleibt sie nur ein Bild und kühle Erscheinung. Guck mich an, ich bin die Chance. Mich brauchst du. Sie ist vollkommen, aber aus mir kannst du etwas machen."

„Klar", sagte er, „aber wann tauchst du schon mal auf. Und du bist immer anstrengend, aber wir sind nicht aus der Steinzeit, wir möchten leben und genießen. Du machst viel Arbeit, um dich können wir uns später noch reißen. Ne coole Tschenz ist immer toll."

Die Schönheit sagte zur Chance: „Was ich dir immer sage. Du weckst ihnen die Gier auf Geld, Freizeiten und Karriere ohne große Mühe. Freiheit, das ist ein Sammelname für Annehmlichkeiten, die einander ausschließen. Sie wissen nicht, und woher auch, wie viele Unfreiheiten in deinen Vorschlägen stecken."

Nun sei sie wieder schuld, meinte die Chance, und da solle die Schönheit stille sein, wo sich mit ihr die dümmste Jugend anpreisen darf, und ihr Name sei heruntergekommen, denn es ginge inzwischen nur noch um glatt, hübsch und sexy, das haben aber weder Rubens, noch Goya oder Newton gemeint, nicht mal Picasso, soweit man es erkennen kann. Aber du, du hörst dich alt und müde an, sagte sie zur Schönheit.

Uralt, sagte die Schönheit. Ich habe zu viel aufblühen und verwelken sehn und die dazugehörigen Verzweiflungen nicht lindern können. Bei Verweisen auf gewachsene Erfahrung und Reife haben sie nach mir gespuckt und wollten mich, ganz und gar nur mich wiederhaben. Nur das, was jeder Idiot sehen kann, alles andere zählte nicht. Innere Werte? Was solln das sein, sagen sie und leben immer schneller, das macht mir angst.

Die Dritte kam, beachtete den jungen Mann zunächst nicht und sagte: „Hi, so weit, so gut. Ohne mich seid ihr beide arm. Vertrocknete Seelen bringt ihr zustande, kalten Glanz in Augen, die anders strahlen könnten. Die eine von euch beiden bringt Leiden über Altern als Verlust, die andere weckt falschen Ehrgeiz, lockt mit Angeboten, auf die oft das nackte Elend folgt. Hochzins für Überziehungskredite. Du klingst erst fast immer verführerisch, meine liebe Chance, aber du führst hoch hinauf, dorthin, wo die Einsamkeit wohnt."

Der junge Mann warf sich mutig in seine unbehaarte Brust: „Wer bist denn du, daß du dich über die Schönheit stellst und über die andere, mit der ich was machen kann. Ich meine, die winkt öfter, und irgendwann winke ich auch mal zurück."

An einer Antwort schien er nicht sehr interessiert, eher an der jungen Frau, die gerade an ihnen vorüberging und der er nachblickte, aber die Dritte gab die Erwiderung ihm doch: „Ich bin die Liebe. Ohne mich ist keine Schönheit, und jede Chance bleibt zu klein. Ich schaffe meine eigenen Gesetze. Die sind nicht milder als die in den anderen Bereichen der öffentlichen Welt, aber sie sind anders. Die beiden treiben nicht über enge

Grenzen. Durch sie wächst keiner rundum über sich hinaus. Schweig, ich rede nicht von Leistungssport, ich bin die Liebe. Die beiden bieten sich an, schönes Zubrot, aber sie können nicht glücklich machen. Nur ich verführe auch den Zögerlichen, sein Herz über die Hürde zu werfen und ihm nachzuspringen."

Die Schönheit zog ihr Spiegelchen, glättete ihre Brauen, gähnte und sagte: „So redet die immer. So geschwollen. Heute hat es sich wenigstens nicht gereimt. Ob Freund Hein winkt oder ob es zu ihrem Nachteil um das Fernsehen bis in die Puppen geht, immer hält sie sich für den Schalter. Licht oder Dunkel, alles immer sie, und wir sind Neese. Obwohl sie nett ist, doch, nett ist sie auch. Aber ich komme ins Fernsehen, die Leute reißen sich um mich. Ich genüge schon als Foto. Sie zahlen für mich, auch sinnlos, sie streben nach mir und legen sich meinetwegen unters Messer. Verglichen mit den Anstrengungen für eine Chance und den Aufregungen der Liebe ist ein Besuch beim Hairstyler ein todsicherer Tip für eine neue Persönlichkeit und die ganz große Rauskomme."

Der junge Mann sagte: „Cool bleiben. Genau mein Ding. Erst mal sehn. Ihr seid nette alte Mädels. Tut mir leid. S'long."

Die Schönheit, die Chance und die Liebe schlenderten davon, an Kränkungen gewöhnt. Die Schönheit sagte: „Coffee to go?" Nein, meinten die beiden anderen wie aus einem Munde. „Gut", sagte die Schönheit, „war ja nur 'ne Frage. Aber wenn jetzt noch das Alter vorbeikommt, schmeiße ich mich auf das Pflaster und kreische."

Die kommt nicht, meinten die anderen. Die wartet, bis wir kommen. Ach, ist ja auch egal.

Sie setzten sich auf Stühle eines Straßencafés und sahen einem neuen Paar entgegen; dem jungen Mann und der jungen Frau, die vorhin an ihnen vorübergegangen war und nun lachte und gestikulierte.

Er hat mich umgehend genutzt, vermutete die Chance.

Ausschließlich meinetwegen, entgegnete die Schönheit.

Die Liebe winkte ab: „Falscher Alarm. Sie liebt einen anderen, der eine andere liebt. Den will die jetzt bestrafen. Da kommt unser Schätzchen grade recht. Im Morgengrauen faßt sie sich an den Kopf und fegt den beinahe Angesprungenen zur Tür hinaus. Dann wird er glauben, er hätte sie lieben können, und er wird auch ein bißchen leiden, aber keinen Augenblick vorher und nicht viele danach."

Die Chance stand auf, ließ die Liebe wie immer die Zeche bezahlen und beachtete die Schönheit nicht länger.

Ich weiß nur, daß dieser junge Mann und diese junge Frau die Liebe nicht hatten oder sie wieder verloren, und daß eins von beiden dennoch um sie weinte, weil sich auch nichts anderes auftat, im Moment jedenfalls nicht.

Das andere hütete sich vor ihr und ist ihr seither auch noch nicht wieder begegnet.

All meine alten Lovestorys
liegen in mir herum
und keine, die noch kommen kann
macht je eine andre stumm

was da geflüstert hat
gesucht und sich gefunden
war Glück und schlug mir Wunden

das war ersehnt und angemahnt
war für die Ewigkeit geplant
und tut mir weh, tut mir bis heute wohl
und tut bis heute weh

all meine alten Lovestorys
leben mein Leben mit
und keine geht mir ganz verlorn
obs schön war, ob ich litt

was immer wer zu wem gesagt
und galt es nur für Stunden
war Glück und schlug mir Wunden

das wollt ich ganz und immer noch
das wollt nicht gehn und ging dann doch
und lebt mit mir, ruht unter warmem Schnee
und tut mir manchmal weh

all meine alten Lovestorys
heb ich für später auf
ob ich am Stock geh oder stolz
noch manche Meile lauf

ich geb selbst an den Tod nichts her
was der sich holt, das lohnt nicht mehr
was Leben war, laß ich im Lied
und so tut es mir manchmal weh

Parkbank mit Ausblick

Gib acht, daß du nicht zu viele harte Erfahrungen in zu kurzem Abstand einstecken mußt. Das Leben läßt uns oft zu wenig Zeit für die Kraft, einiges nur flüchtig wahrzunehmen und anderes in die wichtigen Erfahrungen zu packen. Wenn du dich zu lange übernimmst, dann altern deine Nerven rascher als die Haut. Für das Alter hast du noch keine Bilder von dir, und es wäre dir ganz recht, wenn du niemals welche haben müßtest.

Altsein ist ein Lebensabschnitt, von dem ich mir immer das Wegfallen wenig lustvoller Mühen erhofft habe. Älterwerden nach Belieben müßte dem vorangehen, ganz nach den eigenen Anlagen.

Ich schob es immer auf spätere Zeit, mir mehr Wissen zu erwerben. Sind ja keine Ausreden, wenn man sagt, jetzt sind die Kinder dran, die sind jeden Tag anders, wachsen ohnehin viel zu schnell davon, die brauchen mich jetzt, und ich brauche sie. Ja, auch wegen der Kinder, und es gab den früher so mühsamen Haushalt mit all seinem Aufwand für Einkauf und Mahlzeiten, die Öfen mußten geheizt werden und das Essen sollte auf den Tisch, dreimal am Tag.

Jeder hat sein Unbehagen, aber wenn ich lese, daß Menschen sich nach dem Kachelofen zurücksehnen und als Argument noch die Umwelt einbringen, dann mögen die ja für sich recht haben. Aber ich war dreiundvierzig Jahre alt, als die Schlepperei aus dem Keller hoch und mit der Asche runter aufhörte.

War der Alltag ein Zeitdieb, dann haben wir uns aus unseren Illusionen verschlagene Räuber gemacht. Sie stahlen uns mögliche Freuden für talmihaft ausgedachte. Das alles ist nie zu lange her, nie ganz zu vergessen.

Die Erinnerungen bleiben an all die vergeblichen Beginne, die unzulänglichen Fertigkeiten, oft vertan in euphorisch zugesagten Unternehmungen, wo sich die eigene als die falsche Person erwies, weil Kenntnisse oder Talente verlangt wurden, die noch nicht verfügbar waren, sein konnten, es vielleicht nie wurden.

Ich rede nicht von dem, was verweinter Irrtum war, der verarbeitet werden mußte. Da wäre es auch um den verpatzten Versuch schade gewesen.

Nichts bereuen, nur weil man es heute besser wüßte. Das eine hat ja mit dem anderen zu tun. Alte Weisheit hat zu sein, aber wer spricht von junger solcher? Alles Gelebte hatte sein eigen Bittres und seine eigene Süßigkeit.

Die Eile in der Jugend und die Überforderung in mittleren Jahren haben nicht zugelassen, daß nur einer von zwei Beteiligten grobe Fehler machte, die zu Trennungen geführt haben. Auch wenn das manchmal vorerst eine tröstende Sicht zu sein schien. Deswegen wird es, außer im raren Härtefall, nicht wahrer.

Rentner haben niemals Zeit, haben wir früher gesagt, und damit die ehrenamtlichen Tätigkeiten und die Pflichten für die übernächste Generation gemeint.

Wann darf ich jetzt alt sein? Kürzer treten, nachlassen, zu mir selber kommen?

Jene Begehrtheit, die nach alten Geschichten die Oma hatte, wenn sie erzählend im Lehnstuhl saß und dabei strickte, die gilt nicht mehr. Oma hat selber einen Laptop oder versucht noch eine Weiterbildung, und die Enkel sitzen vor dem Computer.

Die Oma aus dem Märchenbuch sieht älter aus als die meisten Urgroßmütter, die ich kenne. In deren Besitz, nicht bei der Oma, sind die interessantesten Geschichten. Die aus dem Krieg, und besonders begehrt, wie sie alle gehungert haben. Davon lassen sich fast alle Kinder beim Essen zu gutem Appetit verleiten.

Bei uns reifen, älteren Frauen geht es anders zu als früher und anderswo. Wir gehören nicht zu den sahnelöffelnden Damen, die sich mit Hut auf dem Kopf und angemessener Auswahl ihres Schmucks aus langer Ehe beim Kaffee treffen und dort, zwischen befriedigendem Anteil am Unglück anderer, die nicht anwesend sind, und dem Herausrücken neuer Details über die eigenen Unzufriedenheiten ein bißchen Entschädigung für ausgebliebenes oder abgestumpftes Glück finden.

Was und wie sie reden, ist Klatsch und ein bißchen Sünde, aber es unterbricht die Einsamkeit des Alleingelassenseins, innerlich, oder als Verwitwete.

Sie sind gut versorgt, besser als die meisten Frauen hierzulande, aber ohne neue Herausforderungen sind sie auch mies dran.

Müdigkeit und Resignation sind für uns in der Zeit noch regen Lebensgeistes nicht angesagt. Du mußt, Mann oder Frau, unabhängig von deinen Lebensjahren, in dieser tüchtigen Welt immer so aussehen, als ob du Trost und Kraft geben kannst, nicht, als ob du beides brauchst. Die Mauern, zwischen denen wir jetzt leben, trennen uns nicht mehr von Mallorca oder Westberlin, sondern vom eiligen Nachbarn, dem wir im Fahrstuhl immer wieder versprechen, daß wir demnächst Zeit für ein gemütliches langes Gespräch finden, obwohl beide nicht mehr daran glauben.

Sie können uns auch von unseren Kindern trennen, sogar von denen, die ihre eigene Lage verkennen und sich beängstigend träge verhalten oder naiv in Risiken schlittern, über deren Gefährlichkeit sie kein Wort hören wollen, ehe wir die Folgen mit ihnen zu teilen haben. Daß es im schlimmsten Fall ja uns noch gibt, das hatten sie vor und während der fragwürdigen Unternehmung im Hinterkopf. Sie wußte, daß ihre Alten sie im letzten Augenblick doch nicht im Stich lassen, was immer sie vorher labern. Die Jungen gefährden damit auch unsere Existenz, aber das weisen sie weit von sich, noch beim dritten Mal.

Leichtsinnig und unerfahren sind sie, aber daran haben wir unseren Anteil. Das macht erst recht wütend und nimmt viel Schlaf. Dann denken wir wieder, wenig tröstlich, daß es anderen noch viel schlechter geht. Weil ja niemand in der Familie oder im Kreis der Freunde wirklich „versorgt" ist.

Wieviel Verlaß ist außer in den Gefühlen noch möglich? Vereinbarungen können nicht bindend sein, wenn über unsere Köpfe hinweg ständig solche über uns getroffen werden, die unser Leben beeinflussen und verändern.

Für die Arbeitswelt sind wir zu alt, zu qualifiziert, zu sozial, zu aufmüpfig, zu riskant, zu meinungsfest, wir waren vielleicht schon zwei Mal beim Arzt, das reicht.

Wäre schön, wenn Kanada, Island, Nordamerika, Australien oder Norwegen auch Ältere auffangen würden, so wie unsere jungen Frauen, die freilich in den verlassenen kleinen Städten im Osten den jungen Männern fehlen, die gern zu Hause bleiben und hier eine Familie gründen würden. Wenn auch den Älteren, den weniger reichen, die Welt offen stünde, könnten, wie um die Jahrhundertwende, die „Wasserpolacken" nachrücke oder Menschen aus den weiter östlichen Teilen zwischen Europa und Asien, von dort, wo man schon froh ist, wenn der Schnee schmilzt und die Zwiebeln und der Kohl haben ausgereicht.

Damit verglichen zählt es vielleicht kaum, wenn ich mir Sorgen mache, weil ich nicht weiß, wie kommende Mehrkosten auf mich durchschlagen. Welche Miete werde ich im nächsten Jahr zahlen müssen; brauche ich das Medikament wirklich, und wieviel Geld müssen wir auf die höchste Kante legen, falls eins von uns neue Zähne braucht ?

Ich spüre das Gewicht von zehn Händen gleichzeitig in meinen Taschen und kann nichts dagegen tun. Der von einem vorwitzigen Reporter darauf angesprochene Politiker weiß nicht einmal annähernd, wie viele Euro Durchschnittsrente es für einen Rentner im Osten gibt oder im Vergleich dazu für einen im Westen.

Es kann sogar sein, daß ich dem, ohne die Folgen

überblicken zu können, bei der Wahl meine Stimme gegeben habe.

Ich wäre alt genug für manches Risiko. Ich hätte manches nur früher nicht dafür gehalten. Ich soll mich ausführlich mit altem Unrecht befassen und vor neuem die Augen verschließen, soll mich nicht blicken lassen, nicht, um die Heide vor Tiefflügen und jeglicher militärischen Nutzung zu schützen, nicht am Gedenkstein für Rosa, nicht auf den Seelower Höhen, wo wir uns versammeln, wir wenigen, um zu mahnen, daß hier junge Menschen sinnlos geopfert wurden. Noch immer gibt die Erde auf den Hügeln Knochen frei, undefinierbare Teile von Menschen, an denen niemand mehr erkennen kann, ob sie Deutsche oder Russen waren: Bayern, Kasachen, Friesen, Ukrainer … in einer Erde vereint, die bis heute nicht befriedet ist.

Das Denkmal für die abgeschossenen sowjetischen Flieger ist so häßlich wie alle die Denkmäler, die ich gesehen habe. Ihre Häßlichkeit rührt mich, weil ich dahinter die Hilflosigkeit zu spüren glaube. Drückt der eingebuddelte Flügel etwas von dem aus, was wir Menschen an Trauer aufbringen müßten, weil immer wieder Generationen an den Krieg geopfert wurden? Ohnmacht in Plötzensee ebenso wie in der Todeszelle in Halle, immer diese Ohnmacht und die ewig gleiche Empfindung, was geschaffen wird zum Gedenken und zur Mahnung, sei nicht angemessen.

Diese neue Fläche mit unterschiedlich hohen Steinen in Berlin besuche ich nicht, denn sie vermittelt mir nichts von dem, was mir die überlebenden Opfer erzählt haben. Mich bedrückt die gestaltete Eitelkeit. Es gehen viele Menschen hin, höre ich. Aus Neugier?

Wo ich mich einfinde, sind wir nur wenige, und schmerzlich fehlen die Jungen.

Aber wir haben keinem Vorwürfe zu machen, der um seinen Arbeitsplatz fürchtet. Wenn wir Alten dösig zu Hause hocken bleiben, weil jetzt doch die nächste und übernächste Generation dran wäre, dann ist das faule Ausrede und Verkennung der Lage.

Schwester, du bist einsam, du langweilst dich, dein Dasein scheint keinen Sinn mehr zu haben. Zwei Türen weiter lebt eine überforderte junge Frau, der du ein paar Stunden deiner leeren Zeit schenken könntest, damit sie ihre Wege erledigen kann, oder nimm ihr doch einen ab. Wenn deine Kinder deine Enkel fernhin mitgenommen haben, dann weine, ruf dort an, schreib mal wieder einen Brief, sei verlockend, dich zu besuchen, aber deine Erfahrungen würden nebenan bei der Nachbarin dringender gebraucht. Versteh mich, Schwester, ich finde dich jämmerlich, aber ich ziehe gleich darauf den Kopf ein, weil ich die Antwort vorerst einstecken muß. Du wirst mir von einem langen Arbeitsleben erzählen und daß du immer nur für die Familie da warst. Ich möchte das manchmal auch von mir glauben.

War das schon alles, was du hattest und hast?

Auch dein Leben könnte andere Atemzüge haben. Mach aus den Erinnerungen wenigstens zu einem Teil köstlichen Gewinn. Alter gibt das her, nur das Wort eben nicht, das müßte gegen ein werbewirksameres ausgetauscht werden. „Alter“ klingt nach gesunkener Potenz und geringer Anpassungsfähigkeit.

Wenn wir länger als ein halbes Leben bergan gelaufen sind, in die Weite und um besseren Ausblick, dann darf das Wort nicht klingen, womit es im Verlauf der menschlichen Geschichte behängt wurde: bergab, dem Ende zu. Vor solchem, auch zu frühem, sind wir von Geburt an nicht geschützt. Kinder sterben an Krankheiten, deren Erforschung den minimalen Teil dessen gekostet hätte, was für einen Flug zum Mond ausgegeben wurde.

Nur: Um den Mond ging es dabei nicht, sondern um Macht, um die Balance der Bedrohung.

Viel gelebt, ein bißchen was erworben und nun etwas davon haben? Demnach ginge es um späte Jahre als hohe Zeit, Hoch-Zeit, hohen Genuß, Zugewinn. Das Wort muß Begierden wecken, es muß klingen nach mehr erstrebenswerter Weisheit, kundiger, wenn auch leicht gebändigter Lust auf schöne Sünden, für die einem früher die Traute und die Muße fehlten. Nach Weitersuche muß es klingen, sonst verkaufen wir Alter nicht.

Die Bilder im Kopf schaffen sich Raum. Wie war das, wie war der, wie war ich, wie war Es? Sei auch traurig, wenn du nicht findest, was er damals geglaubt haben könnte, was du geglaubt hast, was glaubwürdig schien.

Klingt nach billigem Trost, könnte sein, aber der tolldreiste Falstaff ist von Verdi in hohem Alter geschrieben worden, Goethe hat seinen „Faust" nach siebzig Jahren des Zweifels und Ringens mit dem Stoff abgeschlossen, und Renoir war ein alter, schwerkranker Mann, als er sich den Pinsel an die Hand binden ließ, um trotz der rheumatischen Schmerzen weiterzumalen. Mit Respekt sei gesagt, daß Fontane nahezu ein alter Mann war, als er begann, seine großen Romane zu schreiben.

Nimm ein Kästchen, füll es, leg auch die alten Fotos dazu. Du wirst wehmütig, wenn du siehst, wie hübsch du mal warst. Sei das ruhig, es ist auch ein schönes Gefühl. Schieb die Schuld an manchem auf andere. Du warst dicker, weil es damals viel Schweinefleisch und wenig Obst gab, kaum Gemüse, kein Placebo, das sind die teuren Dinger, von denen uns die Werbung verspricht, daß wir dann satt sind, aber es sind nur chinesische Fasern, nur quellende Kräuter.

Sorgen hatten wir imme. Unerfüllte Sehnsüchte, heimliche Empörung, manchmal zuwenig Mumm auch.

Alle schönen Augenblicke von vorher sind wahr. Alle schrecklichen Ängste auch. Aber Anfang ist immer, hol ihn dir.

Ewig ein Fräulein

Ich kenne keine Frau, die gern Thusel genannt werden möchte. Es ist ein alberner Name wie für eine nicht ernstzunehmende Person, und er wird nicht schöner dadurch, daß man ihn sich in thüringischem Dialekt vorzustellen hat. Also klingt es wie Dusel, und wer möchte schon so heißen. Auch die betroffene Person wohl nicht, zumal sie mit anderen Namen getauft war. Aber die hochgestellte Persönlichkeit, von deren Gnade ihr ganzes kleines Glück später abhing, hatte sie in Thusnelda umbenannt, was im 18. Jahrhundert ein nicht unüblicher weiblicher Vorname war.

Unseren Vornamen haben wir uns alle nicht selber ausgesucht, und ich bin mit dem meinen nie zurechtgekommen. Er paßt nicht zu mir, und was geht es mich an, daß es ihn schon bei den Germanen gegeben haben soll, da wurde die Geisel so genannt. Nach einer Veranstaltung meinte eine Frau, wie tröstlich, der Name bedeute: „die, die sich um andere kümmert."

Aber wenigstens heiße ich nicht Thusel, und bei ihrer Taufe in Eisenach, am 15. Februar 1752 erhielt sie die Namen Louise Ernestine Juliane, nach den Eltern „von Göchhausen". Aus kleinem Adel, nichts Hohes. Wenn man aber bedenkt, mit wie wenig Geld die normalen Leute aus dem Volk damals auszukommen hatten, dann war Ernst Friedrich von Göchhausen als Schloßhauptmann schon jemand, der seine Familie ernähren konnte.

Was aus den eigenen Kindern einmal als Persönlichkeit herausschaut, das wissen Eltern in normalem Fall nicht. Den Göchhausens wurde ein Kümmerling ins Nest gelegt, dessen Schicksal gewiß war. Es würde aus Leiden und Einschränkungen bestehen, und eine Heirat in Adelskreisen war mit Sicherheit auszuschließen.

Sie kam kleinwüchsig und mit einem verbogenen Rückgrat auf die Welt, also mit einem Buckel. Wahrscheinlich würde sie kaum ihre Jugend überstehen, zumal ihr das Leben wenig Herausforderungen abverlangen konnte, und ein langweiliges, umfassend eingeschränktes Dasein weckt nicht solche Kräfte, die wie durch ein Wunder doch Dauer ertrotzen.

Die Eltern liebten ihr Kind, und hatte die Mutter kaum Möglichkeit, seine Lage außer Haus zu verbessern, war der Vater darin unermüdlich. Er tat das Beste für Louise, was er tun konnte. Besänftigte ihr Herz und ihren äußerst empfindlichen Sinn, indem er bei einer seiner Reisen in Venedig einen Spiegel anfertigen ließ, den der Meister so gestaltete, daß sie im Kristallglas etwas größer und als ein Mädchen mit geraden Schultern erschien.

Nur ihr Körper war beschädigt, nicht auch ihr Geist. Manchmal glaubte sie später, auch sie könne sich poetisch ausdrücken, wo doch alle ringsum so taten, aber es war ihr reger Verstand, ihre Merkfähigkeit und ihre analytischen Gaben, die machten sie so besonders.

Ihr Vater ließ ihr eine für ein Mädchen ungewöhnlich hohe Bildung angedeihen. Liest man ihre Briefe, bedenkt man die Beachtung, die sie bei den Genies jener Zeit fand, dann könnte man sie sogar um Teile ihres vielleicht nicht glücklichen, aber erfüllten Lebens beneiden. Ihr Französisch war exzellent, ihre Kenntnisse, besonders der Geschichte, der Kunst, und wiederum ganz besonders der Literatur, waren außergewöhnlich. Ihre Bildung überragte die der Charlotte Schiller, auch der Charlotte von Stein, sie war auch anderen Gattinnen überlegen, denen von Herder, Wieland und anderen, noch heute unvergessenen, die Weimar für eben jene Zeit berühmt machten.

Dahinter steckte zähe Überwindung der Grenzen, die der schwache Körper zu setzen schien.

Bei ihrer Herkunft war nicht zu fürchten, daß sie im Armen- oder Krüppelhaus landen würde. Dort hätte sie hungern müssen, aber in einem Stift für Fräulein von adligem Stand wäre sie geistig verhungert, und eben davor hat sie die sorgende Liebe des Vaters bewahrt.

Die Familie wußte, daß sie ihrem Kind eine reiche geistige Aussteuer mitgeben mußte, daß die Tochter etwas zu bieten haben müsse als Ersatz für ihren jämmerlichen Anblick und ihre eingeschränkte Kraft. Daß gerade die nicht ins Gewicht fiel, dafür sorgte Louises Ehrgeiz, ihr selbstanerzogener Fleiß, die scheinbare Unermüdbarkeit einer Belastbaren, die nützlich war.

Das Stift blieb ihr erspart. Verwandtschaftliche Unterstützung brachte sie an den Hof der Markgräfin von Baden. Dort fiel sie nicht weiter auf, der Aufenthalt brachte sie nicht nur zu weit fort vom Zuhause, in die Fremde, sondern blieb auch ohne rechten Sinn, also war es nur erkennbare Guttat an ihr.

Mir scheint es wie Gnade eines seltenen Augenblicks, daß ich während eines Aufenthaltes in Weimar nach Tiefurt ins Schloß gelangte, das wegen Bauarbeiten für Besucher gerade ungastlich war. Aber damals durfte ich in das Zimmer von Louise. Ich konnte mir nicht vorstellen, daß die Möbel während ihres langen Aufenthaltes dort so an den Wänden entlang gestanden haben sollen, aber das, beruhigte man mich, würde dem Original entsprechend wieder hergerichtet, bald, wenn die lauten Arbeiten beendet seien.

Damals empfing ich zwei Eindrücke, die nicht verblaßten. Neben dem großen Zimmer von Louise, was man damals eben groß nannte, und im Verhältnis zu den Sälen war es ein kleines, aber für die Kleinwüchsige doch ein ausreichend großer Raum, befand sich, wie um die Schrägen zu nutzen, ein winziges Gemach, Louises Ankleideraum, in den freilich weder ein Schrank noch ein Fauteuill gepaßt hätten. Die alten Tapeten waren schon entfernt, die darunter geklebten Zeitungen noch vorhanden, sogar zum Teil noch lesbar.

Hier war es, wo ich die Frau wie mit Händen greifen konnte. Die Zeit schrumpfte, und obwohl ich damals noch nicht wußte, wie sie aussah, noch, was ihr Leben bestimmt hatte, war sie mir nahe und hielt mich fest. Louise bedrängte mich, wollte etwas von mir, gab mir etwas ein, während ich mich nicht einmal traute, die alten Zeitungen an den engen Wänden zu berühren.

Wir gingen hinaus, kehrten langsam in unsere siebziger Jahre zurück und ließen uns von der Schönheit der Landschaft um das Schloß beeindrucken.

Es ergab sich wie von selbst, daß wir über unsere Absichten sprachen und es wagten, über Veränderungen zu reden, die uns zu in der DDR gänzlich unüblichen Entscheidungen zwingen würden. Wir sprachen sehr offen über die Unzufriedenheit mit Zwängen, die sich aus einem Amt ergaben, welches große Verantwortung mit sich brachte, ohne wesentliche eigene Entscheidungen zu ermöglichen. Du siehst zu viel, du siehst zu viel ein, und du kannst zu wenig tun.

Es war ein magischer Tag, und er hatte vielfältige Folgen, denn wir hielten uns an das zögerlich Ausgesprochene. Aber das hatte mit dem puren Leben zu tun, wurde getan, erwies sich als Segen und wurde nie bereut. Zur Göchhausen hin sammelte sich etwas, das mich zwanzig Jahre lang immer wieder beschäftigte. Es führte mich auch wieder nach Tiefurt, aber einmal ließen mich die Hüter nicht ins Kabinett. Sie boten mir dafür Gastronomie im Freien, wo ich, sehr egoistisch, lieber allein gewesen wäre.

In Weimar wohnte damals eine kluge Freundin, mit der zu reden immer ein Genuß war und die ich mit meiner Unruhe um die Göchhausen anstecken konnte. Was ich nicht allein herausfand, das stöberte Sigrid auf, in Archiven und Bibliotheken, auch in Antiquariaten. Verband mich mit ihrem Mann, dem komponierenden und lehrenden Manfred Schmitz, die Musik, teilten sie und ich unser Suchen nach Louise von Göchhausen.

Etwas blieb, jene seltsame Berührung, die ich in ihrem Kabinett empfunden hatte, als ich Louises Nähe zu spüren meinte und für einen Augenblick von ihr Gegenwart und Forderung empfing.

Der Weg zu ihr führt sehr weit zurück.

Jeder von uns verdankt einen erheblichen Teil seiner Klugheit den Begegnungen mit Klügeren. Als Louise durch Glück, Zufall oder Schicksal an den Hof der Herzogin Anna Amalia geriet, betrat sie einen bis heute an Glanz nicht übertroffenen Parnaß. Die Herzogin war erst achtzehn Jahre alt und nach zwei Ehejahren schon Witwe geworden. Vier Monate nach dem Tod ihres Gatten gebar sie ihren zweiten Sohn.

Louise kam zunächst als Vorleserin an den Hof. Sie gefiel und wurde bald Hofdame. Und es heißt in manchem Brief aus jener Zeit, sie sei unentbehrlich gewesen, der Herzogin ohnehin, aber da sie erzogen war, sich unentbehrlich zu machen, wurde sie es auch anderen. Es war ein anstrengendes Leben, aber sie hat es geliebt.

Um die Herzogin hatte sich ein edler Kreis versammelt. Weimar war damals ziemlich vertrieft, aber dann trat Goethe in diese junge Gesellschaft, er zog andere nach, und es gründete sich ein regelmäßig tagender Gästetisch, an den man zu Pferde oder mit der Kutsche eilte, um durch die Nacht hin zu disputieren, vorzulesen, zu musizieren oder groben Schabernack zu treiben.

Goethe war der Einladung des Herzogs Karl August gefolgt, der sein Schicksal in vielfältiger Weise mit dem des Genies verwob, ob er ihm die Entscheidung über das Todesurteil für eine Kindsmörderin auflud, ihn zum Führen eines Tagebuches durch Kriegsdreck mitschleppte oder ihm ein Gartenhaus schenkte.

Goethe selber hat sich vielfältig über diese zwanghaft gewordene Nähe zu dem Mächtigen geäußert.

Aber nicht nur der Herzog, auch Goethe selber wußte Dienstbarkeit zu entdecken, noch dazu, wenn sie freudig angeboten wurde.

Louise gehörte in den Kreis, trotz feinfädiger Schranken, die sich aber, wenn sie gebraucht wurde, auch scheinbar aufhoben.

Zur Herzogin Anna Amalia kam die feine Gesellschaft, kamen die Gelehrten, und es wurde üblich, sich dort sehen zu lassen, wenn man zur geistigen Elite gehörte und Weimar besuchte.

Louise hatte ihren besonderen Status auch deshalb, weil die sonst in der Stadt überaus geschäftige Eifersucht sie nicht betraf. Weder Frau von Stein noch Christiane, weder Charlotte Schiller noch Wielands Gattin nahmen sie als Frau wahr.

Man traf sich montags im Wittumspalais, und ein jeder war geehrt, der dort zu den anderen berühmten Gästen geladen wurde. Mit einer Ausnahme: Schiller fügte sich nicht ein, störte eher, als er bereicherte, es war ihm unbehaglich, und wenn auch seine spätere Freundschaft mit Goethe für beide unüblich anregend wurde, an den Montagabenden nahm er selten teil, und er wurde auch nicht ob seines Fehlens bedrängt.

Goethe aber rief zusätzlich und zur Herzensfreude der Göchhausen noch eine Freitagsgesellschaft ins Leben, vor der er wissenschaftliche Vorträge hielt, und auch seine Farbenlehre erörterte er dort erstmalig.

Louise hatte sich unentbehrlich gemacht. Wenn sommers ein neues Stück von Goethe im Freien aufgeführt wurde, etwa „Die Laune der Verliebten“, dann war Louise die Souffleuse, und da jeder mitspielen durfte, der Lust und Laune hatte, war es auch Louise vergönnt. Sie schrieb Rollen heraus, sie war überall, wo eine helfende Hand gebraucht wurde, und in den Sommerresidenzen Ettersburg, Belvedere und Tiefurt gab ihnen die Natur die schönsten Kulissen und zugleich die nötige Stille für die Worte der Dichter.

Für den Sonnabend gab die Herzogin die Erlaubnis, daß Louise in ihr Mansardenstübchen laden durfte. Ihr verehrtes „Geheimderäthchen“ Goethe gesellte sich, folgt man den Aufzeichnungen, meist dazu.

Muß sie diesen Mann nicht geliebt haben? Es läge doch nahe. Seine Augen blieben ein Leben lang schön, und, nehmt alles nur in allem, er war doch nicht nur ein Geistesriese, sondern auch ein wohlgeratenes Mannsbild. Durchaus fähig, Leidenschaften zu wecken und auch selbst bei langer Abwesenheit am Leben zu erhalten. Mag er auch schwierig gewesen sein, bei der richtigen Person hielt ihn das nicht auf, das zeigt seine doch wohl sehr irdische Beziehung zu Christiane, die freilich niemals bei Goethes am Tische erschien und weder in den Kreis noch in die gelahrte Gesellschaft geladen wurde.

Das Verhältnis zwischen Goethe und der Göchhausen war deshalb ganz ungetrübt, weil er sie benutzte und sie darüber glücklich war.

Nachweisbar ist, daß die Göchhausen Goethes „Urfaust" heimlich abgeschrieben und damit das Werk vor Verlust gerettet hat. Das Manuskript wurde erst viel später in ihren Papieren gefunden. Es heißt, sie habe sogar kleine Änderungen vorgeschlagen. Vielleicht hat das die Fama hinzugedichtet, vielleicht war es so. Louises Sinn für Kunst, ihr Verständnis und ihre Fähigkeit, zu bewerten, wurden ständig geübt und also sicherer und erfahrener. Aber wie sehr sie die schönen Werke auch liebte und wie über ihre vorgegebenen Kräfte hinaus sie sich an sie verausgabte, ihr selber war kein Talent für die Musik in den Versen gegeben. Sie schrieb:

Könnt ich nur bei meinen erstaunlichen Gaben
Die Bilder recht aus der Seele rausmahlen.
So daß dein reinlicher Künstlersinn
Vor Freude nicht wüßte, wo naus
noch wohin.
Aber so geht's mir mit fatal vielen
Sachen:
Genie die Fülle –
Kann aber nichts machen.

Goethe hat ihr darauf geantwortet. Wieviel satte Zufriedenheit mit ihren begrenzten Gaben und welch Sinn für ihre Nützlichkeit ihm dabei doch offenkundig die Feder führte:

> Der Kauz, der auf Minervens Schilde sitzt,
> kann Göttern wohl und Menschen nützen.
> Die Musen haben dich beschützt,
> nun magst du sie beschützen.

Und Thusel nützte und beschützte. Sie mag sich selber nicht als Kauz auf Minervens Schild gesehen haben, sondern als einen besonders gescheiten Menschen, in ihren vielen Briefen ist diese Seite ihres Selbstbewußtseins ganz heil. Aber ein Weib zu sein, das würde ihr nie vergönnt sein, und also lebte sie, als wäre sie nur aus Hirn und Seele.

Goethe schrieb an Frau von Stein, die sich gerade in Kochberg aufhielt: „... ich soll ein Stück machen. Ich will es der Göchhausen diktieren und so, wie ich's im Kopfe habe, solls in zwölf Stunden (inclusive Essen und Trinken) fertig seyn. Wenns nur so geschwind gelernt und die Leute ins Leben gerufen wären! Ich will die ‚Vögel' nehmen, eigentlich nur den obersten Rahm abschöpfen, denn es muß kurz seyn. – So kömmt noch die Torheit und macht uns zu schaffen! Thut nichts, es bringt doch die Menschen zusammen, unterhält den Prinzen (Konstantin), dem eine große Rolle zugedacht ist, und bringt ihn von Tieffurth weg ppp ..."

Und es brachte die Menschen zusammen, in Göchhausens Mansarde im neuen Anbau, wo die Schauspieler auf ihre Rollen hörten, während Goethe nacheinander das ganze Stück diktierte, das mit der Feder geschrieben werden wollte, ehe jeder der Akteure daraus wiederum seinen abgeschriebenen Anteil bekam. Wie hat ihr schwacher Körper diesen Ausbruch von männlicher Vitalität mitgetragen? Goethe hat ihr ein

Ringlein geschenkt, das sie heilig verwahrte, und er hat sie mehrmals gezeichnet. Einmal um 1780, eine Bleistiftzeichnung, die noch existiert. Ihr verwachsener Rücken wird auf keiner Abbildung deutlich, aber wie sie da sitzt, die Feder auf dem Papier, da ist sie dieser arme, zu kleine Körper, dem sich der kräftigere Geist immer widersetzte.

Goethe hat sie durchaus gesehen, er wußte, wie es ihr oft erging, aber es sei ihm zugestanden, daß er ihr Glück erkannte, und dieses Glück hieß, in der Mitte von Genies anerkannt zu werden und sich nützlich fühlen zu dürfen.

Besonders feinfühlig waren die Scherze der damals noch jungen Herren nicht.

Selbstzweifel hatten sie alle, und von Krisen blieb keiner verschont, aber so grob wie in Auerbachs Keller gingen sie manchmal mitten im Leben auch mit anderen Menschen um. Louise nannte „seine Streiche“ in ihren Aufzeichnungen erträglich, dieses Prädikat würde ich manchen Vorgängen absprechen. Aber auch Louise soll damals schon eine spitze Zunge gehabt haben, von manchem im Hause gefürchtet. Nicht von denen im Olymp, sondern von Abhängigen, denen sich Louise, in ihrem Glück sicher, aber auch eifersüchtig darauf bedacht, daß niemand ihr da eine Handbreit streitig machte, nicht zugehörig fühlte. Dies war der weniger edle Teil ihres Wesens, fehlte ihr sogar zur wirklichen Vorzüglichkeit, daß sie für andere Ausgenutzte im Wittumspalais, die für geringen Lohn zu schuften hatten, kein freundliches Wort fand, sie nicht beachtete, nicht achtete. Sie galt als unfreundlich und hochnäsig, sogar undankbar.

In jener Zeit des scheinbar unendlichen Ausgefülltseins mit Sinn und Streben nach Schönheit in der Kunst wurde eine zunächst unscheinbare bittere Wurzel gepflanzt, deren Sud die Göchhausen viel später schlukken mußte.

Aber noch war alles herrlich. So herrlich es sein konnte.

Der Büste von Kauter fehlt der Blick von Louise. Der läßt sich ahnen. Die Augen sind weit offen gestellt, das meint wohl einen offenen und genauen Blick, lenkt von der anscheinend etwas zu kräftigen Nase ab, die auf eine bestimmende willensstarke Persönlichkeit deutet; nicht niedlich, nicht weich, kein Stupsnäschen.

Es ist ihre Stirn, die der Künstler entlarvend ehrlich gestaltet hat, die erzählt mehr über ein Mädchen, das im achtzehnten Jahrhundert mißgebildet auf die Welt kam und in ihr makellos sein wollte. Die Stirn ist von Adern geprägt, die künden Schmerzen, Sensibilität, Erfahrung mit Tränen. Sie muß oft von Schweißperlen bedeckt gewesen sein, so hatte die Frau zwei Arten, zu weinen, mit den Augen und mit der Stirn.

Vielleicht auch mit dem Herzen. Aber darüber hat sie nichts aufgeschrieben. Aus den erhaltenen Briefen, die Louises Form des Umgangs mit den vielen hochgestellten „Freunden" wurden, läßt sich darüber nichts entnehmen. Zu Goethe war Nähe und Vertrautheit entstanden, aber Liebe wohl kaum. Er nahm sich vor ihr nicht in acht, sie war für alles Schriftliche und manchen Disput die andere Art von Eckermann, der lauschte und aufschrieb, aber nie widersprach.

Die Falten von der Nase zum Mund sind im Gesicht der Büste keine Lachfalten, gewiß nicht. Louise mag einen empfindlichen Magen gehabt haben, ihr lebenslang ungeküßter Mund sieht auch nicht lachfreudig aus. Aber er wird gelacht haben, oft, immer mitgelacht, denn dies gehörte ja zu ihren Pflichten, unterhaltsam zu sein, niemandem Mühe zu bereiten. Warum auch sonst sollte eine so junge, lange Zeit entsagende Witwe sie um sich geduldet, sie sogar vertraulich behandelt haben, ihre liebe Thusnelda, ihre Thusel. Die muß eine geniale Zuhörerin gewesen sein.

Hätte ich die Gabe, Louise aus meinem Empfinden

für sie nachzubilden, ich würde ihr einen weheren Zug geben und einen härteren Mund. Oder war sie nicht verletzt von all dem Liebestreiben um sie her, wovon sie ja nur den Klatsch abbekam?

Sie war glücklich über ihren Anteil am regen geistigen Leben, vielleicht sogar ohne zu ahnen, daß sie an einer Einmaligkeit teilnahm, die eine Epoche prägte und später Klassik hieß. Alle Himmel schienen sich ihr zu öffnen, als die Herzogin sie nach Italien mitnahm, eine lange Reise, über die Louise immer nur die Herrlichkeit, niemals die Beschwerlichkeit berichtete. Sie waren zusammen in Italien, die Göchhausen und ihre angebetete Anna Amalia. Über die wollte der Klatsch gerade wissen, daß sie auf unziemliche Art den Kammersänger Grave bevorzuge. Wieland meinte, ein „kleines Faible“, ein kleiner „Flirt“, warum nicht. Louise hatte leidenschaftlich widersprochen. Was für ein langweiliger Mann, Musiker, der und ihre erhabene Herzogin? Nichts da.

Für uns kann es heute gewesen sein, wie es wollte, wir gönnen auch Anna Amalia nach so langer Witwenzeit möglichen Trost. Wir sind ja nicht so eifersüchtig wie die Göchhausen.

Wir hätten auch dem lebenslänglichen „Fräulein“ große Liebesgefühle gegönnt.

Gab es die? In jenem erlauchten Kreis der Geistesgrößen wurde über Liebe und Triebe, Leidenschaften, Verzichte und die großen Irrtümer des Herzens gesprochen, unentwegt. Was denn anderes war in den Dramen und noch in philosophischer Sinnsuche, in den Versen und moralischen Forderungen, bis heute herreichend, zu finden, wenn nicht Sehnsucht, Erfüllung und Todesnähe durch Verlust. Sie hatten andere Wörter, mehr, als sie heute im Alltag im Gebrauch sind, aber sie waren Suchende und Sehnende, anders als Louise oft auch Findende: Wohlan zu Pferde, O welche Lust, zu lieben, und Götter, welch ein Glück, geliebt zu sein.

Von Tiefurt laufen wir den schönen Weg zur Kapelle der Maria Pawlowa.

Nach der Veranstaltung treffen wir uns draußen und reden, auch über die Göchhausen.

Meine kundige Freundin aus Weimar ist dabei, und einige andere, die sich mit der Geschichte der Stadt und jeder einzelnen bedeutenden Persönlichkeit in ihr befassen. Ich weiß nicht, warum ich das sage, aber ich höre mich behaupten: Die Göchhausen habe Goethe geliebt, muß sie ja.

Da widerspricht mir einer, der weiß es, der muß dabei gewesen sein, so, wie er redet. Sie habe nicht den Goethe geliebt, niemals. Sondern den Knebel, das ist ja auch aus ihren Briefen an den zu ersehen.

Da muß ich schweigen, ich kenne den Namen Knebel im Zusammenhang mit der großen Zeit von Weimar nicht. Aber der Brockhaus muß ihn kennen, kennt ihn, und Louise hat ihn auch gekannt.

Karl Ludwig von Knebel war acht Jahre älter als Louise. Er hatte früh als Offizier beim Regiment des Kronprinzen von Preußen gedient, aber früh die Gesellschaft von geistig tätigen Menschen bevorzugt. Nach zehn Jahren in Preußen nahm er seinen Abschied und wurde Hofmeister beim Prinzen Konstantin, der tragisch früh verstarb. Im Brockhaus steht auch, daß Knebel nicht eigentlich zu den Dichtern jener Weimarer Jahre gerechnet werden kann, dagegen habe er Vortreffliches an Übersetzungen geleistet. Es gab einen höchst interessanten „Briefwechsel mit Goethe", dem er „vielleicht der vertrauteste Freund war". Geheiratet hat Knebel erst in späten Jahren, eine Sängerin.

Sie haben alle viele Briefe gewechselt, und es gibt auch solche zwischen der Göchhausen und Knebel. Die seinen sind wohl nicht erhalten, oder ich habe sie nicht gefunden, aber der hochachtungsvolle und zugleich vertrauliche Ton findet sich in allen wieder. Diesen Briefen ist es zu danken, daß wir erkennen können, wie vertraut auch Louise mit Goethe und anderen hochgelahrten Männern reden durfte.

Aber Liebe? Ja, sie schreibt einmal: „Wenn jeder Gedanke an Sie, liebster Knebel, zum Brief würde, so hätten Sie eine fleißige Korrespondentin an mir."

Aber das schreibt sie ihm aus Italien und fügt hinzu: Sie könne das Schicksal nicht genug preisen, daß es einen so hellen Sonnenblick auf ihr Leben warf.

Italien ist dieser leuchtende Sonnenblick. Das Land zusammen mit der Herzogin erleben zu dürfen, das ist und bleibt die höchste Auszeichnung und Ekstase ihres Lebens, nicht er, ich meine, eher nicht. Sie unterzeichnet auch als ewig ergebene Freundin einen Brief an Wieland, nennt sich ergebenste Dienerin und Freundin Bertuchs. Solche sicher auch von Herzen kommenden Floskeln sind damals üblich gewesen, man versicherte sich gegenseitig, worin man sich doch sicher wußte: der gegenseitigen Achtung und der Höflichkeit.

Goethe konnte bei so viel Zweck und Nutzen durchaus treu sein, und anders als seinem getreuen Eckermann gab es bei Louise keine schönen Lebenswünsche, die er hätte zunichte machen können.

Was Liebesgefühle anlangt, können wir nur vermuten, aber das tun wir bei Goethe und der Charlotte von Stein bis heute auch. Sie lebten in einer Zeit, oder schufen sie sogar, in der dem klassischen Schönheitsideal und der romantischen Liebe gehuldigt wurde. Das eine hätte Louises Unglück sein können, das andere war ihre Rettung. Mochten die Dichter doch scheinheilig die unkörperliche Liebe anpreisen oder sie sogar mit der einen leben, um sich heimlich mit dem Bettschatz zu vergnügen, für Louise fielen das gerade hochgehaltene Ideal und ihre Wirklichkeit zusammen. Ein wenig so, als wäre sie ein Beispiel für das Ideal. Vom Abgrund trennte sie so auch jene – nicht sehr langlebige – Idee, Liebe sei für die Seele gemacht und lebe sich nur im Reinen wahrhaftig aus.

Das alles ist zweieinhalb Jahrhunderte her, die Göchhausen wohl fast vergessen.

Nicht einmal zehn Jahre vor ihrer Geburt anno 1772 wurde nahe Darmstadt betrübten Eltern ein Sohn geboren, den sie Georg Christoph nannten. Er war klein und verwachsen, wurde Physiker, und seine satirischen Aphorismen sind noch heute frisch wie die ersten Kirschen im Jahr. Auch er, wie Louise, erreichte nur die Mitte seiner fünfziger Jahre, aber in der damaligen Zeit waren sie damit nicht Frühvollendete, sondern sogar ziemlich alt.

Wohl fast jeder von uns hat Lichtenbergs pointierte Sätze schon benutzt, und sei es den mit dem Buch und dem Kopf, die zusammenstoßen, was ja gerade in unseren Tagen wieder traurige Bedeutung erlangt, abgesehen davon, daß wir fürchten müssen, es stoßen immer weniger Bücher und Köpfe zusammen.

Lichtenberg wurde wegweisend für die Kunstkritik, und in meinem Leben hörte ich nie jemanden verwundert fragen, wie es denn gekommen sei, daß dieser Mann in nicht mehr jungen Jahren eine Siebzehnjährige freite und mit ihr Kinder zeugte.

Da er ein Mann gewesen ist, aus nicht unbemitteltem Haus stammte und niemand ihn hinderte, seine bedeutenden Gaben ganz für sich zu nutzen, hat er eben zweieinhalb Jahrhunderte überlebt.

Louise war glücklich, eine auf Wink herbeieilende, immer die Schönheit zungenfertig preisende nimmermüde Vorleserin, Abschreiberin und Gesellschafterin, sich so derart verdient machend, daß sie die geistige Bevorzugung bedeutender Männer und die freundliche Zuwendung der Herzogin erwarb. Es gab wesentlich ärmeres Dasein als das ihre. Daß ihr Los freundlicher war, verdankte sie der Liebe ihrer Eltern in der Kindheit, und sie fand in Anna Amalia eine Schutzpatronin, die ihr ein erfülltes fleißiges Leben und überdies das ermöglichte, was ein jeder Mensch braucht: sich im

Laufe seines Lebens zu verbrauchen, damit das Alter ohne Bitterkeit erlebt werden kann.

Was Louises Alter hätte sein können, nämlich beschauliche Ruhe, seliges Erinnern und ein Genießen im Bewußtsein ihres eigenen Anteils an berühmtem Werk – sie muß es verpatzt haben, sie hat ihr Alter verpatzt.

Mit dem Tod der Herzogin verlor sie deren schützende Hand, und es blieb ihr nur geringes Ansehen bei denen, auf die sie nun angewiesen war.

Da zeigte sich, daß niemand sie mochte, niemand höflich zu ihr sein, niemand sie gar bedienen wollte. Bei einem Schwächeanfall wurde ihr nicht einmal der Wunsch nach einem Glas Wasser erfüllt. Sie hatte ihr glückliches Domizil zu verlassen und in der Stadt in eine Mansarde zu ziehen, nun allein und dem nachgebend, was ihr kranker Körper schon lange angemeldet hatte: daß ihn die Kraft verließ. Mag sein, daß sie für die Herzogin wohl ein amüsantes Wesen, aber letzten Endes doch ein armer Dienstbolzen war.

Das ist nach zweieinhalb Jahrhunderten nicht mehr zu belegen.

Nur: Wenn heute ein Mädchen geboren wird, kleinwüchsig und verwachsen, was hat sich in dieser Welt für sie verändert? Sie kann teilhaben an organisiertem Mitgefühl. Aber auch sie wird dann nur ihren Kopf ausleben können und an ihrem Körper leiden müssen. Wer würde sie heiraten?

Ich kannte ein gelehrtes Fräulein, eine Frau Bibliotheksrätin, die hätte eine Schwester der Louise sein können. Nur: Niemand nannte sie Fräulein, Fräulein Doktor. Niemand hinderte sie daran, allein zu leben und ein Wissen zu sammeln, das staunen ließ. Es schien, sie wisse alles, auch wenn die Nachfrage vielleicht nur in der Hoffnung gestellt wurde, sie könne wissen, wo nachzuschlagen sei. Frau Doktor lebte in einer Aura von Respekt. Darin war Liebe enthalten, die sie anders wohl auch nicht erfuhr, aber über sie weiß ich weniger als über jene Louise, die mich seit über zwanzig Jahren mehr fragt, als ich ihr je beantworten könnte.

Ich könnte sagen: Du hattest von Goethe den besseren Teil. Die Überzeugung, mit ihm befreundet zu sein, statt seine untreue Liebe zu erfahren.

Aber ich müßte auch sagen: So geht man in glücklichen Zeiten mit anderen Menschen nicht um, daß man von ihnen bei erster Gelegenheit entsorgt wird und dagegen niemand einen Einwand erhebt.

Das steht mir aber nicht zu. Und vielleicht, denke ich zu meinem Trost, war auch am Ende alles nicht gar so elend, sondern ist es nur aus heutiger Sicht, und es war ein schönes kaltes Stübchen, ihr letztes, und ein Tod zur rechten Zeit, weil es niemanden mehr gab, dem sie dienen konnte.

Die Rolle der Tasse

Die Leiche bleckt noch im Keller, wurde gerade von Wuffi aus dem Unterholz erlöst, liegt noch am Straßenrand, vor der Kneipe, auf der Bühne oder im eigenen blutbesudelten Bett, da stürmen oder schlendern die mit der Aufklärung des Falles betrauten Amtspersonen in ihre im Film immer kärglich ausgestatteten Diensträume, ob in Miami Beach oder Bad Tölz.

Die Leiche interessiert uns nicht weiter, sie wird sich im Lauf der Ermittlungen als wunderbare Persönlichkeit und armes Opfer oder als endlich zur Strecke gebrachter mieser Charakter erweisen. Wir haben die Person nicht näher gekannt, sie hat die Funktion einer umgebrachten Kleiderpuppe, damit wir in Ruhe puzzeln können: Wer war es?

Diese Diensträume mit dem Charme der fünfziger Jahre sollen uns sagen, daß die öffentliche Hand keine Steuergelder aus dem Fenster wirft, damit ein Zeuge oder Beschuldigter auf einem bequemen Stuhl sitzen kann und die Mitarbeiter etwa ihre Mäntel komfortabel aufhängen könnten.

Aber sie haben alle Tassen, besser gesagt: Kaffeetöppe. Was früher die Zigarette war, ein unbedingter Bestandteil der Darstellungskunst, das ist heute der Kaffeetopp. Jeder, der schon einmal versucht hat, sich das Rauchen abzugewöhnen und es nicht schaffte, erklärt es damit, daß er nicht wußte, wohin nun, ohne die Zeremonien des Rauchers, mit seinen Händen. So geht es vielen Schauspielern ein Leben lang. Wenn die Kriminaler zur Tür hereinkommen, bemächtigen sie sich erst einmal dieses Geschirrteils, das bei den Frauen nicht klobig genug sein kann, damit ihre Hände zierlicher wirken.

Es treibt die Zeit, wenn auch nicht die Handlung voran, daß der Kaffee schon oder noch nicht angesetzt beziehungsweise durchgelaufen ist.

Dann muß aus der immer nur viertelvollen Kanne eingeschenkt werden, während die eine oder andere dumme Frage oder Antwort gewechselt wird. Ach, er ist wirklich tot? Das ist ja ein Ding. Nein, eigentlich nicht. Er wirkte schon lange komisch.

Ist der Kaffee im Topp und der Kollege, mit noch ein paar launigen Bemerkungen über dessen immer zu geringe Mühe, sich selber den dunklen Trank zu verschaffen, schließlich auch versorgt, ist der darstellerischen Vielfalt keine Grenze mehr gesetzt. Sabrina hält sich mit der Tasse gern die Nase zu und guckt dabei ihren Hasen Benno fragend, forschend und ironisch an, auch wenn dafür nicht der geringste Grund vorliegt. Bei Fischer ist es egal, er würde noch aus der Tasse dümmlich gucken, dazu hat er sich für diese Rolle entschieden.

Um den Alten herum, dem die Mitarbeiter auch rapide verblühen, geht es ähnlich zu. Es ist besonders jener auf seine großen Kulleraugen angewiesene Assistent, dem kein natürlich klingender Satz gelingt, der ohne Tasse nicht leben kann. Aber er quatscht bei jedem Verhör unzulässig dazwischen und prescht meist mit einer Vermutung nach vorne, zu der sich der Alte eben zeitfüllend hinarbeiten wollte.

Sternsekunden sind die Ausnahme, aber es gibt sie. Unsere große kleine Carmen Maja Antoni, als Brüherin und Bringerin von Kaffee zur Stichwortgeberin für eine Kommissarin verurteilt, während sie doch auf der Bühne umjubelte Hauptrollen spielt, erwiderte mir bei einem öffentlichen Gespräch auf meinen Einwand wegen der mir schmerzlichen Einengung ihrer künstlerischen Persönlichkeit: „Ja, aber die Leute im Supermarkt sprechen mich darauf an, nicht auf die ‚Mutter' im BE."

Ausgerechnet ihr und dieser Wurzen, die ihr zugedacht ist, verdanke ich doch eine Sternsekunde. Sitzt sie da, am Tisch mit Kollegen, alle sind unzufrieden und fühlen sich schlecht behandelt, und sie, deren Rollennamen ich mir nicht mal merken kann, guckt in die Tasse, läßt sie vor dem Gesicht und sagt: „Heul nicht." Wie sie das sagt, dahinter steht alles, was sie gelernt hat, und all das andere, was eine eben nicht lernen kann.

Ich mag Behrendt und Bär als Schenk und Ballauf, sie sind einen Kick anders als die anderen, mir gefällt Ulrich Mühe als der letzte Zeuge, weil er eine unglaubliche Erotik und Ernsthaftigkeit einbringt und damit den kürzeren Männern ein Lorbeerblatt in den Kranz bindet, und ich bin verrückt nach Jan Josef Liefers als Pathologen, eine so wunderbare Erfindung, eine Bühnenfigur, immer durchgehalten, ohne Stilbruch. Mögen ihm und Prahl die Geschichten noch lange ähnlich ordentlich geschrieben werden.

Daß ich die bessere Sorte Krimis im Fernsehen noch genieße, wenigstens manchmal, ist das letzte amüsante Relikt aus einer Zeit, ich der ich nach Krimis nahezu süchtig war.

Nun aber stehe ich vor den Regalen, vor all den gesammelten Bänden, und möchte auch sie mit warmer Hand weitergeben. Dazu müßte ich auswählen, was ich vielleicht noch einmal und was ich nie wieder lesen werde.

Es ergeben sich zwei Schwierigkeiten: Diese erst heute unbedeutenden Krimis sind mit viel Erleben und Aufregung erworben und gesammelt worden. Bei den meisten weiß ich noch, wo es war, wie es war, und welche Freude hat es gemacht, sie zu Hause auszupacken. Beim Geldumtausch von 1:5 war es damals der einzige regelmäßige Luxus, den wir uns gönnten, was nachträglich auf ziemlich starken Frust deutet. Brauchten wir für vieles andere diese Entschädigung, und haben wir sie uns soviel Mühe und die Aufregung beim Zoll kosten lassen, weil diese minimale Übertretung der Norm unserer Seele wichtig war? Aus Markthallen und von Trödelmärkten haben wir die Bände geholt, manchmal auch neu gekauft, wie zum Beispiel jene zwei Krimis von Simenon in Dubrovnik statt warmer Mahlzeit, und dann trauten wir uns nicht, sie zu lesen, denn dann hätten wir keine Lektüre mehr gehabt, all dies ist zum Teil vergilbt und niemandem mehr anzubieten. Es könnte entsorgt werden, aber ich schaffe es nicht, einige von eintausenddreihundert, alle ordentlich ins Titelbüchlein eingetragen, einfach in die Tonne zu kloppen.

Zweite Schwierigkeit: Mag es an den Zeiten liegen, mag dieser Teil der Vergangenheit zu sehr anders gelebt worden sein: Was damals, vor dreißig Jahren, die internationale unangefochtene Klassik der Kriminalliteratur schien, hat nicht standgehalten. So wenig wie ein Hochzeitsbild im Vergleich zu dem von einer alten unfrohen Ehe. Ob Hammett oder Ross McDonald, Ed Mcbain oder sogar die Milar – es geht mich nichts mehr an.

Hinzu kommt, daß man die besten Filme und Bücher eigentlich mitsingen kann. Man weiß noch, wer es war und wie es dazu kam. Anderes lese ich noch einmal, weil ich bei der ersten Lektüre nur mit den Augen von links nach rechts gewandert bin und dabei eigenen Gedanken folgte. Ich kann das nicht gelesen haben, denke ich, aber dann ertappe ich mich mitten in Graf Kesslers Tagebüchern bei selbem Verhalten.

Ich versuche das Aussortieren wieder, aber es ist ein besonders häßlicher Wintertag, und man wird sich ja doch wohl wie beim Abstauben noch festlesen dürfen.

Fazit: Wir sind die Familie mit den zu kleinen Wohnungen aller Angehörigen. Von denen hat keiner ein Haus, wie sie uns in Familiendramen kriminalistischer Natur immer vor die Ossiaugen gehalten werden. Räume, da hätte in jedem unsere ganze Etage Platz.

Die Töchter heben die Arme. Sächelchen erben sie gern, aber schon bei Gemälden heben sie die Hände. Ich mache mir also einen schönen Halbtag, wie ich da Bücher rausziehe und wieder einstelle, am Ende bleiben drei Bändchen übrig, die sind schon vor Jahren aus dem

Leim gegangen, und wo die nun Platz lassen, könnte ich eigentlich wenigstens zwei neue aufstellen. Trolle ich mich mit meinem Teetopp und denke, das sollen die doch nach mir klären, oder ich rede nächste Woche noch einmal mit ihnen. Wie gut, daß wir von niemandem eine Hinterlassenschaft zu erwarten haben, wie gut, daß unsere Lieben nichts mehr von uns erwarten. Sie haben es gekriegt, als sie es brauchten.

Ich drehe meinen lieben Mördern den Rücken, mache es mir leicht, freue mich auf Freddy und Max, aber die müssen sich jedes Mal und bei jedem Wetter zu einer Imbißbude bemühen, die eindeutig wie Kulisse aussieht, und müssen jedes Mal irgendwelche Würste anbeißen, das ist auch nicht viel besser, aber zum Glück klingelt fast immer das Handy und ruft sie zur nächsten Leiche, da können sie den Fraß liegenlassen.

Solche Puscheln, über die sich schon die berühmten Kritiker in den zwanziger Jahren des vorigen Jahrhunderts ereiferten, sind ein fester Bestandteil der kriminalen Dramaturgie. Unser Quotenossi, olle Stumpi, hat sein Fahrrad, eine schöne Tochter und sein altes Sofa. Seine Frauen verlassen ihn, werden gewechselt oder sterben weg, und es ist auch nicht einzusehen, daß das Klischee einfach umgedreht wird: Ossi bringt's, Wessi wird immer auf dem falschen Fuß erwischt, widerspricht unglaubwürdig, muß grimassieren und nimmt die eigene Begriffsstutzigkeit dann fair hin.

Nicht viel, nur etwas anders als in der deutschen Toppszene geht es in den amerikanischen Folgen zu. Da gibt es immer einen Automaten, der spendiert einen Trank, der allemal als ungenießbar beschimpft wird. Aber sie trinken ihn, immer wieder, und dieser Automat steigt oft sogar zum Mitspieler auf. Wenn der Kommissar wütend ist, weil er sich wieder einmal am heißen Wasser die Finger verbrannt hat, dann gibt er dem Kontrahenten Fußtritte, das hab ich schon sieben Dutzend Mal gesehen. Schön ist auch, wenn es gar keinen

Kaffee gibt, weil das Ding kaputt ist. Anlaß, darüber zu reden, wie die öffentliche Hand …

Wir kennen das. Falls sie den Kaffee hinter sich gebracht haben, zerknüllen die kriminalistischen Denker den Styroporbecher und werfen ihn je nach Dienstgrad entweder wütend in den Papierkorb oder ziellos in den Raum.

Wenn sie populär sind, diese Aufklärer, die, anders als im Leben, alle Mann immer nur einen Fall zu bearbeiten haben und sich dem ganz widmen können, dann dürfen sie steinalt werden und alle Munterkeit der dargestellten Figur behalten. In einem sichtbaren späteren Alter, in dem sie „draußen“ kaum noch einen Job als Parkfeger kriegen würden, behalten sie ihre Überarbeitung und ihre Koffeinsucht. Gut, sie rauchen inzwischen weniger als Nick Nolte in einem Film anderer Klasse, aber sonst sind sie ganz der alte. Sogar der Privatdetektiv mit der Puschel Billard, die Flitzpiepe, der wendige, der sich den Weg abkürzt, indem er mal eben über ein Auto springt, über den Balkon eintritt, schneller rennt als der Zug. Nun hat er tiefe Falten, ist aber in die Schublade gestürzt und in keiner anderen Rolle zu sehen. Er war und bleibt fast so extrem wie Schimanski, der den Fundus der überflüssigen Aktionen erweitert hat.

Einiges spielt sich in jeder Dekoration verblüffend ähnlich ab, erstaunlich authentisch ausgedacht. Man sieht sie in ihren Büros selten am Tage. Sie arbeiten meist im Dunkeln, und wenn sie endlich ihren Mantel greifen, tun sie es mit schlechtem Gewissen. Wir gehen jetzt erst mal schlafen, sagt einer, während ich das als Zuschauerin schon prima hingekriegt habe.

Wenn Columbo noch einmal neu auftaucht, bin ich gerührt, aber mehr wegen meiner Gefühle damals. Er hat seinen Trenchcoat, die kalte Zigarre, sein altes Auto, das hatte was. Hat immer noch, nun mit altem Gesicht, gefärbtem Haar und stachlig schwarzen falschen

Augenbrauen, immer noch eindrucksvoll, die dünne Patina von Langeweile nehme ich hin, strahle sie ja vielleicht beim Hingucken auch aus. Weil seine Schlußfolgerungen unglaubwürdig sind. Der Autor ist sozusagen mit im Bild. So kann der Detektiv dem Mörder nicht draufkommen, und wenn der nicht sofort erbleichend gestehen würde, hättste Pech gehabt, Columbo, aber ich vermute, daß niemand so denkt wie angeblich du. Schade um uns, wir waren ein so schönes Paar, du so gerissen und ich so naiv.

Es war einmal, wohl in den sechziger Jahren, da reichte Freitagabend eine heiser kicksende Männerstimme, um die Straße leerzufegen. Um diese Serie nicht zu verpassen, haben die Eltern bei der Versammlung in der Schule eilig unterschrieben, daß sie sich verpflichten, kein Westfernsehen zu sehen und es auch ihren Kindern nicht zu erlauben. Sie wurden wütend auf mich, weil ich mit meiner Verweigerung den ganzen Laden aufgehalten habe. Cooky hieß der Detektiv, und bis zu diesem Moment hatte ich seinen Namen vergessen, obwohl eine Nachbarsfamilie ihren Hund nach dem populären Kerl genannt hatte. Es war nicht mutig, nicht zu unterschreiben, und ich denke, alle Eltern wußten um die Folgenlosigkeit dieser Aktion. Denn eine der dümmsten und perfidesten Aktionen der Partei, die Antennen von den Dächern zu holen oder die Namen von Kollegen schimpflich an die Wandzeitung zu pinnen, war längst abgeblasen. Wolfgang Kohlhaase hatte in einer öffentlichen Versammlung dazu gesagt: „Wenn der Mensch einen Knopf sieht, wird er ihn drücken, egal, ob es verboten ist oder nicht."

Wir im Osten kannten jeden Fuzzi, jeden Künstler und jedes erlangbare Buch von „drüben", und ich weiß, daß viele Bürger hier die Illusion hatten, die Menschen dort fänden uns hier genauso spannend. Es hat sich gezeigt, daß die Mehrheit sich für unsere Kultur und Kunst nicht interessierte. Wenn, dann sehen sie jetzt vielleicht den alten Polizeiruf 110. Die Genossen Kriminalisten haben nie gegessen und auch nie die Nase in einen Kaffeetopp gesteckt. Das hatte einen einfachen Grund. Eine ganze Folge hätte im Kopierwerk als Abfall landen können, wenn die Wurstsorte oder gar der Kaffee gerade nicht zu haben waren, das heißt, wenn die Bedarfslage nicht mit dem Angebot an Waren des täglichen Bedarfs übereinstimmte.

Bei Brunetti kriege ich Appetit auf Pasta, bei Beck vergesse ich den Hunger, aber im übrigen gucke ich sowieso fast nie mehr in den Fernseher. Und die Videokassetten stapeln sich auch. Das ist nicht ganz wahr, aber schamlos geschwindelt ist es auch nicht.

Wiederkehr und lieben

Sie waren nicht mehr jung, aber ihre Liebe war es. Dabei hatten beide, aus unterschiedlichen Gründen, mit dem ewigen großen Wort und allen mit ihm verbundenen Zuständen abgeschlossen. Sie hatten diesen Bereich des Lebens gehabt und gelebt, ganz normal, so, wie das eben üblich ist.

Zwei Kinder hatte sie aufgezogen, das war über Jahrzehnte ihr Lebenssinn gewesen, ein schöner und erfüllender. Es war immer ein Glück, wenn auch oft ein sehr anstrengendes. Sie wollte die Kinder nicht nebenher heranwachsen lassen, und die mochten ihre Mama auch unabhängig von der natürlichen Beziehung. So bereiteten sie manchmal wie ein Team anstehende Feste vor, kamen auf abgelegene und naheliegende Ideen, und was den Kindern jeweils neuerdings interessant schien, das teilte sie erst mal. Sie versäumte keine Beratung in der Schule, stellte sich auf den Fußballplatz und in den Tanzsaal, in dem die Tochter ein Weilchen versuchte, ihre zu großen Füße geschmeidiger zu quälen. Da sie die Begeisterung und die Krisen ihrer Kinder aus dem Herzen miterlebte und diese daran glaubten, daß die Ratschläge ihrer Mutter nicht schlecht waren – denn es war immer was dran und es ging nie ums Rechthaben –, kam sie oft damit gut zurecht. Nicht immer, das hat auch so zu sein, aber sie verlor nicht den Überblick über das, was gerade anlag oder bedrohlich werden konnte. Dem stellte sie sich, und nie wankte ihre Überzeugung, daß die tragischen Schwierigkeiten der Kinder beim Versagen der Eltern anfangen. Sie hätte es am liebsten gehabt, daß Probleme am Familientisch besprochen werden, aber Hartmut erwies sich dabei immer als zu wenig bei der Sache bleibend. Entweder wurde er albern, schob alles aufs nächste Mal, gab seinen Kindern recht, ehe noch einer wußte, von welchen Wurzeln und Ästen die Rede war, oder er machte zu früh einen dogmatischen Vorschlag, den niemand brauchen konnte. Nicht, daß es ihm lästig gewesen wäre, sich seinen Kindern zu widmen, aber er hatte dabei keine Ausdauer. Es sollte alles gut sein, und wenn es geglättete Oberfläche war, nahm er das auch als „alles in Ordnung" hin. Als die Probleme und die Kinder größer wurden, umgingen die anderen Mitglieder der Familie ihn und schufen sich gemütliche Stunden, um unmögliche, abgelegene, manchmal auch hellsichtig später richtige Vorschläge zu bereden. Dabei wurde viel gelacht, und wenn eins zu weinen hatte, schlossen sie sich wie in einer Hasensatte eng zusammen.

Es kam auch eine Zeit, wo sie Entscheidungen der Jungen zunächst hinnehmen mußte, nicht ohne später den dadurch entstandenen Schaden mittragen zu müssen. Die Kenntnis darüber taten sie dem Papa nicht an, da wäre er ja enttäuscht von seiner Familie. Sie sagten, damit kann er nicht gut umgehen.

Es war für die Mutter eine glückliche Zeit, in der alles von ihr ganz gebraucht wurde. Sie ging arbeiten, meist noch einkaufen, die gemeinsame Mahlzeit war immer angestrebt, und wenn sie später daran zurückdachte, dann wunderte sie sich, daß die Tränen über Freude oder Kummer so locker gesessen hatten und nur Erinnerungen, nie Narben hinterließen. Ihre Kinder waren keine Computerfreaks geworden, keine Alkoholiker, hatten geraucht und es sich wieder abgewöhnt, aber die Abneigung gegen Drogen war wohl echt. Und sie waren keine Angeber, nicht mit Stärkeren und nicht gegen Schwächere. Sie würden einander als Familie immer mögen und brauchen. Wenn sie auch ganz sicher war, daß sie nie dulden würde, sich von den Kindern als Sieche pflegen zu lassen.

Sie meinte, dann würde kaputtgehen, was sie zwanzig Jahre als ihr wirkliches, als ihr eigentliches Glück gesehen hatte.

Manche, sogar Wohlmeinende, sahen das anders, machten es auch anders.

Sie solle mal wieder an sich denken. Guter Rat, tat sie ja. Als sie arbeitslos wurde, nahm sie erst eine vergebliche und dann eine sinnvolle Umschulung auf sich. Da brauchten die Kinder sie nicht mehr unablässig, und wenn sie die Schichtarbeit im Seniorenheim auch vielleicht mit all ihren aufreibenden Umständen unterschätzt hatte, waren es doch am wenigsten die alten Menschen, über die sie ungeduldig wurde. Zuviel Bürokratie, zuwenig Ausgebildete, zu oft, daß noch unkundige Hilfskräfte mit Tätigkeiten betraut werden mußten, mit denen sie überfordert waren.

Drei Jahre dauerte es, bis sie alle Prüfungen geschafft hatte, und wirklich nur wenige Male hätte sie am liebsten alles hingeschmissen, weil sie am Rande ihrer früher unerschöpflich scheinenden Kraft war.

In dieser Zeit waren sie und ihr Mann sich aus dem besonderen Blick geraten. Er meinte es sehr gut, ihr dauernd abzuraten, ihr vorzuhalten, daß sie doch so jung nicht wäre, und er könne es doch auch allein schaffen, wenn sie etwas Leichteres machte. Solche Worte konnte sie nicht gebrauchen, und ihre Kinder sahen das wie sie. Obwohl: Er macht sich eben Sorgen um dich, sagten sie, er meint es doch gut.

In der Jugend war er ein lautlachendes Kraftpaket gewesen, kein stiller Denker, das war er gewiß nicht.

Aber er hatte sich immer gekümmert, um den tropfenden Wasserhahn ebenso wie um den kleinen Garten, hatte rangeschafft, was jeweils gebraucht wurde und früher immer Umstände und viel „unter der Hand" erforderte. Schmugeschäfte konnte er prima. Und man mußte ihm selten etwas zweimal sagen.

Er wurde erst dicker, klopfte gern auf seinen schwellenden Bauch, aber er war kein Trinker. Sie könnte über ihn sagen, daß er in allem Maß hielt, sowohl bei der Strenge seiner Ansichten, die sich nie änderten, wie zu den Kindern. In der Annäherung an sie wie im Versuch, ihre Absichten zu verstehen, die Ziele, von denen sie noch nicht sagen konnten, wie die aussahen. „Daß man alles hat?" Er sagte das, aber was war „alles?" Das Nötige, das Notwendige, und dafür war er zuständig. Er war ein Mann, mit dem sie auch in der Wüste überlebt hätte.

In der Geschäftigkeit des nun auch alltäglichen neuen Lebens, mit dem zu füllenden Geschirrspüler, den Mahlzeiten, Wochenenden und den Nöten der schwankend erfolgreichen Kinder und der immer lebendigen Sorge, daß auch ja ein bißchen was auf der hohen Kante bleibt, bemerkte sie nicht, daß der Mann seine Frische verlor, seinen Bauch nicht mehr tätschelte, und daß er stiller wurde. Er las nur die Zeitung, im Urlaub ein Buch fast aus, und seine paar Vorurteile behielt er bei. Ärzte wissen sowieso nicht, was man hat, und er würde dann auch die Pillen nicht schlucken und sich nie in eine Röhre schieben lassen – und was wichtig ist, kriegt man aus dem Fernsehen mit.

Vor dem saß er, das war schon immer so gewesen. Sie ließ ihm das und dachte, ein Mann, der so viel arbeitet, hat schließlich auch ein Recht auf seine Gewohnheiten.

Bevor sie sich den Geschirrspüler leisteten, das war zu ihrem fünfzigsten Geburtstag, hatte er manchmal abgewaschen und dabei vor sich hin gesungen.

Als sie das beide – bis auf die Gläser, die behielten sie sich vor – nicht mehr tun mußten, und sie erlebte das als eine Befreiung von Fron, sang er nicht mehr, und ihm war es eher, als hätte man ihm etwas weggenommen. Aber für ihn war es keine immerwährende Mühe gewesen, sondern freiwillige, gelegentliche Abwendung von den meist lauten anderen Mitgliedern der Familie. Eine Beschäftigung, bei der er rauchte, ein Bier trank und eben sang. Vielleicht kein richtiges Lied, sondern eine Folge von Tönen in Dur oder Moll.

Es hatte sich ergeben, daß sich zwischen ihnen nichts Sinnliches mehr ergab.

Sie waren einander Anverwandte geworden, obwohl sie glaubten, nichts von dem einen Teil des Lebens weg und nichts zu dem anderen hin gebracht zu haben.

Er hatte keine Lust mehr. Ihr machte es Unbehagen, an den stürmischen Anfang zu denken, als er unersättlich schien und ihr unendlich dankbar war, das zeigte er auch, mit Tätscheln und Lachen, während er sie doch gerade eben unbefriedigt verlassen hatte. Daran gewöhnt sich eine Frau, besonders bei einem so guten Mann, da behält sie ihre Phantasien für sich und nimmt ihren Schoß in Schutz vor falscher Erwartung.

Er hat das nicht gewußt. Nachdem sie es ihm am Anfang nicht zu verstehen gegeben hatte, war später die Wahrheit nicht mehr möglich. Sie hätte ja dann sagen müssen, daß sie ihm immer was vorgespielt hatte. Es war doch aber kein Spiel. Wie er in sie eindrang, hätte er sich auch ihrer Kniekehle bemächtigen können. Er wollte immer ihr Bestes und gab ihr gar keine Chance. Eigentlich wußte er nicht, wie eine Frau beschaffen ist. Sie hätte ihm das einmal sagen können, aber sie ahnte, daß es einen nie wieder heilenden Riß ergäbe.

Er war bei den Entbindungen nicht dabeigewesen. Sie glaubte ihm, daß er umkippen würde. Wenn sie so leidet und er ihr nicht zu helfen weiß. Er konnte kein Blut sehen, und da sie ihn besser kannte als er sie, wußte sie auch, daß es ihm mit schonungsloser Wahrheit ähnlich wie mit Blut erging. Was er sich nicht aufhucken konnte, wollte er auch nicht wissen. So sind Menschen, gar nicht selten, und so war er. Es sollte immer alles gut sein. Mit den Kindern, mit der Frau, den Nachbarn, auf Arbeit und in seinem Körper. Der hatte zu gehorchen.

Tat er aber nicht, und als sie es bemerkte, war es schon zu spät. Er legte sich hin und ließ sich sterben, fast so, als ginge er nur aus dem Zimmer. Einen Arzt hatte er noch geduldet, der wollte ihn auch ins Krankenhaus schicken, von einer Operation war die Rede, aber da war es, als ob er sich mit dem Sterben beeilte, um dem noch mehr Gefürchteten zu entgehen.

Es war zu spät und dabei war es doch für ihn viel zu früh.

Es war mein halbes Leben, dachte sie und war hilflos, wußte nicht, ob sie sich verzweifelt die Oberkleider zerreißen oder ihm nur still danke sagen sollte. Unsere Ehe war viel besser als die von unseren Eltern, dachte sie, aber das traf für seine und ihre Kindheit auch zu. Er hatte ihr einmal erzählt, was in ihm nie aufgehört hatte, zu warten. „Daß sie mich bloß einmal loben. Haben sie aber nie gemacht. Unternander auch nicht. Das hatten sie nicht drauf."

Die Kinder betrauerten ihren guten Vater, den sie aber auch schon eine Weile sozusagen aus den Augen verloren hatten.

Seine Frau trauerte erst ganz nach ihrer beider Weise, dann war ihr weh um das, was sie beide nie hatten: Eine andere Art von Vertrautheit, für die ihnen die Art fehlte, die man als Paar am Anfang finden muß, sonst stellt sie sich nicht mehr ein.

Sie hatten nie gelernt, miteinander zu sprechen, mehr als Informationen auszutauschen. Er hatte keine Geheimnisse vor ihr, jedenfalls wäre ihm das nicht bewußt gewesen, aber sie wuchsen nicht zusammen, und so freundlich sie einander gesonnen waren, immer im Bewußtsein, daß den Partner das Häusliche nicht unglücklich machte, so wenig gewannen sie an Zärtlichkeit und Intimität. In den letzten zehn Jahren hätten sie eigentlich von einer Videokamera beobachtet werden können und es wäre im Film nichts Heimliches zu entdecken gewesen.

Er hatte sie nie betrogen. Der Gedanke kam ihr auch nicht, und sie hätte solchem Klatsch nicht geglaubt. Hätte er doch mal, dachte sie und erschrak, als sie sich dabei ertappte. Aber das wäre eine Aufregung gewesen, die er sich nicht zugemutet hätte, vermutete sie.

Er war tot, und obwohl sie es zunächst nicht einmal wissentlich tat, nahm sie eigene Gewohnheiten wieder auf oder an und veränderte den vorher immer gleichen Ablauf der Tage. Es begann damit, daß sie nicht mehr täglich kochte, was vorher eine eiserne Regel war. Sie kochte nun vor oder gar nicht, und dann geschah einmal das vordem nie Geglaubte. Sie nahm die Enkel nicht für eine ungewisse Zeit entgegen, denn ihre Kinder hatten was vor, wußten aber noch nichts Genaues, und sie hatte zwar für den Notfall verschiebbare Arbeitszeiten, wenn sie bereit war, die dann mit Nachtdienst und Doppelschichten zu tauschen, aber einmal, ein einziges Mal wollte sie das nicht. Sie hätte das nicht anders begründen können, aber sie brauchte Zeit für sich und wollte sich die nehmen, ohne jemandem die Notwendigkeit dafür zu erklären. Obwohl sie ihre Enkel liebte und obwohl der Sohn ächzte, als wäre nun auf dem Erdenrund kein anderer Platz für die Kids zu finden. Das stimmte nicht, sie wußte das. Die Kinder waren gerade in lautem und ungebärdigem Alter, liebenswert trotzdem, meist, nicht immer.

Sie wußte noch gar nicht, was sie mit der gewonnen Zeit anfangen sollte, denn solche hatte es früher für sie nicht gegeben. Sie würde zum Friedhof gehen, sie könnte die Gardinen waschen, vielleicht auch endlich die Arbeitsunterlagen aus ihrem früheren Leben als Büroleiterin wegräumen, wenn nicht gar aussortieren. Oder an seine Sachen gehen, endlich auch seine Sammlung von Matchboxen für die Enkel einpacken, wobei sie wehmütig dachte, daß früher alle froh über diese sichere Freude von ihm waren, da brauchte sich mindestens zum Geburtstag keiner Gedanken zu machen. Seine Schuhe zum Container bringen, sein Bett abräumen, nein, das nicht, es war gereinigt und frisch bezogen, manchmal schlief eins der Kinder neben ihr.

Sie könnte anfangen, aus dem Spiel der Gedanken etwas Ernstes zu machen.

Obwohl sie dachte, daß man so etwas nicht offenbaren darf, und eigentlich auch nicht empfinden, gab sie wenigstens vor sich selber zu, daß sie den einzig zur Nützlichkeit verdammten und total überladenen Garten nicht mochte. Ein Gedanke, dem sie früher wegen Vergeblichkeit keinen Raum gegeben hätte, aber nun war er möglich. Er stand ihr nicht für die Natur, nicht wie ihrem Mann für Jahreszeiten, über die man ewig orakeln konnte. Das Stückchen Erde war bis in den letzten Zaunwinkel bepflanzt und genutzt. Und so das ganze Haus. Jetzt erst, wo es für sie fast zu groß war, wurde ihr bewußt, wie eingeengt sie darin als Familie gelebt hatten. Es gab zu viele selbstangefertigte Regale, früher herzlich begrüßt und anders nicht zu haben. Aber nun fiel ihr auf: wo nur irgendein Eckchen frei war, wurde der Platz für Zeug genutzt, von dem sie vieles nicht mehr brauchte.

Sie stand still und lauschte der Erkenntnis nach, daß sie von ihrem früheren Leben nicht alles geliebt hatte, und daß viel Endgültiges darin weder ihren Bedürfnissen, noch ihrem Geschmack und schon gar nicht ihrer Vorstellung von Behaglichkeit oder gar Glück entsprochen hatte.

Für den Anfang war das zuviel. Sie weinte, weil ihr klar war, daß sie aus dem Haus, aus dem Garten und aus ihrem früheren Leben weg wollte, hin zu etwas anderem, das sie noch nicht benennen konnte.

Sie hatte sich immer gern „nett angezogen". Von solchen netten Sachen hing ihr der Schrank voll. Weiße Blusen mit Hemdkragen, ein paar bunte sommerliche Jackenkleider, wirklich ganz nett. Hosen für den Alltag, ein schwarzes Taftkostüm für ernste Gelegenheiten. Alles ordentlich und sehr langweilig, vieles stammte noch aus der vorvorigen Mode.

Nachdem sie damit angefangen hatte, seine Sachen auszuräumen, konnte sie nicht mehr damit aufhören. Weg mit den kunstvoll bemalten Ostereiern, die keins der Kinder hatte mitnehmen wollen, und wenn auch ein Schimmer Verrat darin zu liegen schien, sich von Hartmuts Selbstgefertigtem zögernd zu verabschieden, so tat sie es doch, und es schien sie im Rücken ein sanfter Druck zu schieben.

Er hatte sich seinen Vornamen nicht ausgesucht, aber sie mochte den nicht, ein harter unbiegsamer Name. Sie hieß Ellinor und mochte ebenso wenig, daß sie immer Elli genannt wurde, immer, auch schon vor ihm. Ich heiße aber Ellinor, dachte sie, und sah sich im Spiegel von Nahem an. Ihr braunes Haar war nun grau gesprenkelt, sie hätte es lieber noch ein bißchen kürzer und pfiffiger geschnitten, aber es saß eigentlich gut über dem Gesicht, diesem ernst gewordenen Gesicht, das immer noch aussah wie von Max oder Moritz, wenn die erwachsen geworden wären. Die graugrünen Augen waren noch schön, die Brauen ein bißchen verwahrlost, auf die Lippen mußte sie achten, die sollten sich nicht nach unten biegen, das mochte sie bei anderen auch nicht. Früher waren die voller, dachte sie, aber dann verlor sie die Lust, sich anders zu denken, machte eine Handbewegung, halb resignierend und halb beschwichtigend. Dich lassen wir so gehen, dachte sie, denn es gab keinen Grund für Komplexe, und wenn sie nicht glücklich aussah, so war das auch in Ordnung.

Dennoch kaufte sie sich am nächsten Tag ein korallenfarbenes T-Shirt, und da es zu nichts Vorhandenem gepaßt hätte, ging sie nach innerem Schwanken mit einem mokkabraunen Hosenanzug davon, der sah ungewohnt anders aus, und sie machte es innerlich von der ersten Reaktion der Kinder abhängig, ob sie ihn tragen würde. Die Hose saß tiefer, der Gürtel war vielleicht zu modisch, aber man würde sehen.

Sie ging zum Friedhof, und dort war Aufregung. Hartmuts Grab betraf es nicht, aber eine Gruppe von Menschen debattierte darüber, daß ein Teil des Friedhofs abgetrennt und anders genutzt werden solle. Eine Frau regte sich so auf, daß Ellinor dachte: Die hat in der Seele alles gesammelt und kann sich von nichts trennen. Wie bei einem Messi in der Wohnung, so sieht's bei der innen drin aus.

Ellinor wollte vorbeigehen, sich aber andererseits nicht wegstehlen. Die laute Frau warf beim Schimpfen ihre kurzen Arme immer gleichzeitig nach vorne, das sah ulkig aus, der Anflug eines Lächelns war nicht zu unterdrücken.

Da stand ein Mann, der unterdrückte ein Lächeln, und es sollte dieser Augenblick sein, in dem sie den ersten Blick tauschten. Dann ging sie weiter, dann ging er weiter, dann redete sie am Grab ein bißchen mit Hartmut, dann wollte sie nach Hause, dann trafen sie sich am Ausgang, wo der fremde Mann Anschläge las, und als sie an ihm vorbeiging, las er ihr eine Zeile vor. Sie redeten drei Sätze darüber, daß sie von einem Beirat der Friedhofsgemeinde nichts gewußt hatten.

Wen haben Sie hier? fragte er, so einfach, so ohne Umschweife, wie sie es nicht gewöhnt war.

Meinen Mann, sagte sie – und Sie?

Das hatte sie nicht sagen wollen, aber noch während sie sprach, glaubte sie sicher, er würde antworten, es sei seine Frau.

Aber er antwortete nicht, sondern ging neben ihr durch das Tor – und wie er es geschafft hat, ihre Telefonnummer zu kriegen, das konnte sie hinterher nicht erklären. Es war der Tag, es war die Stunde, seine Art, sein Gesicht, es war, was Zuflucht suchen ließ in ihrem Auto und was sie zu Hause umtrieb. Sie dachte an ihn, und wenn sie einmal nicht an ihn dachte, dann dachte sie, daß sie jetzt gar nicht mehr an ihn denkt und sich wieder beruhigen würde.

Aber sie hielt sich in der Nähe des Telefons auf, stellte die Musik leise genug, um nichts zu überhören, rief auch niemanden an, vielleicht verhinderte das einen wichtigeren Anruf, von den Enkeln oder den Kindern.

Das Telefon klingelte, und er sagte, er wolle den Sonntag nutzen, weil sie vielleicht am nächsten Tag zur Arbeit ginge, dann würde er sie nicht erreichen. „Aber ich will nicht aufdringlich sein …“ – „Ich auch nicht …“, sagte sie und hätte sich für diesen Satz ohrfeigen können. Er lachte ein bißchen, erfuhr, daß sie Ellinor hieß und gab wieder nicht die passende Antwort.

Sie trafen sich, zum Essen, zu einem Glas Wein, für ein bißchen Gesellschaft.

Das Intimste am ersten Abend war, daß er einmal mit vorsichtigem Finger das Grübchen rechts und das Grübchen links neben ihrem Mund berührte. Wenn die tief genug sind, sagte er, dann ist alles in Ordnung.

Über die Teller sahen sie sich an, nicht so, als hätten sie sich vorher nie, sondern als hätten sie sich lange nicht gesehen. Sie mochte sein Gesicht, die Falten darin, die ruhigen Augen, seine tiefe Stimme, sie mochte, wie er aß, trank, redete, bezahlte, wie er sich um sie kümmerte.

Vor ihrer Haustür legte er eine Hand an ihre Wange, sie kam der fast wider Willen ein wenig entgegen und schloß die Augen, weil von Flucht bis An-den-Hals-werfen alles gleichermaßen möglich schien. Sie öffnete die Augen, nach Sekunden oder Stunden, so genau wußte sie das nicht, gab ihm einen Kuß auf die Wange, ließ sich umdrehen und in Richtung auf ihre Haustür schieben.

Danach warf sie die Schuhe weg, stürzte sich in einen Sessel und nahm den Zusammenbruch hin wie eine Aufgabe, die nun eben dran war. Sie war dabei, Hartmut zu verraten, der es doch immer gut mit ihr meinte, mit dem sie einen so langen Teil ihres bisherigen Lebens verbracht hatte, in einer unerotischen Intimität, die für sie im Moment unvorstellbar war. Es lag lange in ihr auf der Lauer, aber sie hatte sich nie bewußt gemacht, daß ihnen manches aneinander nicht zustand, weil es nicht von der Zärtlichkeit ermöglicht, sondern von der Gewohnheit erzwungen wurde. Was tat sie ihm an, wenn sie nun Aufregungen erlebte, die überwältigend und also fremd waren? Zusammenhanglose Worte schossen ihr durch den Kopf, jeder hat nur einen Flügel, und wenn zwei, dann können sie fliegen. Aber man kann doch nicht die Kontrolle verlieren. Und so wunderbar wie jetzt wird es nicht bleiben. Nur reden und berühren, aber vorsichtig, einfach nur eine leichte Berührung, das würde reichen, aber vielleicht reißen wir uns dann die Kleider vom Leib und alles wird so peinlich.

Er hieß Roman, und auf dem Friedhof lag nicht seine Frau.

Wir hatten nur ein Kind, erzählte er in gelassen scheinendem Ton. Der schwache Rücken, sie dachte, sie würde es vielleicht nicht schaffen. Aber der Junge war gesund, ein Glück. Nie wieder, sagte sie. Da war dann unser Junge ihr ein und alles.

Es kostete Kraft, ihn das zu fragen, aber sie brachte es doch heraus: War er krank?

Motorrad, sagte er, und mehr Wörter mußten es auch nicht sein. Sie kannte die Angst vor diesen Zweirädern, vor diesen Ausbrüchen an Unbesonnenheit. Hartmut hatte immer gewarnt und gedroht, aber er war sich bewußt, daß seine Angst größer war als seine Autorität. Die hatte immerhin geschafft, daß die Jungs keine eigenen Motorräder besaßen, aber sie trafen sich mit anderen, die gern teilten, um die Aufregung und die Hochgefühle nicht allein zu tragen.

Wenn das losgeht, kannst du fast nichts machen, das wußte sie.

Man kann ihnen die Dinger nicht wirklich wegnehmen, sagte sie und nahm seine Hand.

Ich geh selten hin, sagte er. Es sind da immer noch sehr unterschiedliche Gefühle.

Sie sagte: „Dort ist ja auch niemand. Der Mensch, den es gegeben hat, ist eher zu Hause, in der Straßenbahn oder mitten in der Nacht, wenn man träumt. Verstehst du, was ich meine?“ Eine Floskel, überflüssig zwischen ihnen, aber der Wortschatz ändert sich eben nicht so schnell, und sie bemerkte wohl, daß sie die Nachfrage langsamer sprach, wie früher bei Hartmut. Aber der neben ihr saß, war ein anderer, und sie selber war, wie alle Lebenden, in Verwandlung begriffen.

Ganz auf ihn eingestellt, spürte sie, daß es ihn überraschte, mit ihr über ein sonst eher verschlossenes Thema zu reden, sein wichtigstes wohl.

Was ist dann zwischen euch passiert?

Gar nicht so selten, sagte er. Wir konnten nicht zusammen trauern. Und das war auch schwer. Maxim hatte etwas Wildes, etwas, das in eine Weite wollte, die wir nicht bieten konnten, nicht einmal verstanden. Meistens hat er sich so benommen, als ob gerade Rodeo ist und er sitzt eine halbe Minute länger auf dem Gaul. Es war falsch, ihn machen zu lassen, und es wäre noch schlimmer gewesen, ihm diese Sucht nach Risiken zu verbieten. Dann hätte er gesteigert, der nächste Wahnsinn, noch höher, noch schneller.

Sie sagte, mit einem teuren Auto wäre er vielleicht vorsichtiger umgegangen.

Nein, sagte er, bitte keine Vorschläge. Der Gedanke ist uns auch gekommen, wir haben eins geliehen, angeblich für mich, und wir wollten doch wissen, wie kommen wir an ein Minimum an Einsicht heran.

Nachher haben wir uns gegenseitig Versagen vorgeworfen, erst nur innerlich, dann im Streit. Wir meinten das nicht wirklich, aber wir sind einander immer dieser eine Augenblick geblieben, der, als wir es erfuhren.

Was habt ihr dann gemacht?

O, sie war schon immer die Tüchtigere von uns beiden, sagte er. Sie hat vor mir akzeptiert, daß es nie wieder gut werden würde. Jetzt lebt sie mit einem Mann, dem seine Frau mit einem anderen abgehauen ist. Der hat bei seiner Scheidung ein Kind zugesprochen gekriegt, aber der jetzige meiner Frau hat vier Kinder, und denen ist sie eine wunderbare Mutter. Wir telefonieren manchmal, und sie versucht auch, das eine von dem anderen zu trennen. Obwohl das schlecht geht. Schleicht sich schnell ein scharfer Ton ein, und sie traut sich auch nicht, etwas Schönes zu erzählen.

War es sein Motorrad?

Nein, sagte er, war es nicht, und er wußte, daß wir ihm nie eins gekauft hätten. Aber das ist ja heute kein Hindernis. Das Ding war nicht mal versichert, schon abgemeldet.

„Warum heißt du Roman?“ fragte sie, auf der Flucht vor einem Thema, über das sie ein Leben lang reden würden. „Ich heiße Ellinor nach einer Tante, von der sich meine Mutter großartige Taufgeschenke und später ein Erbe versprochen hat. Ein silberner Serviettenring mit meinem Namen und immer zum Geburtstag eine Karte, das war alles. Dafür mußte ich als Elli rumlaufen, zu lange.“

Er lächelte sie an, sagte Ellinor und meinte, in seiner Kette von Generationen soll es mal einen Zigeuner gegeben haben, aber in der Nazizeit war das natürlich kein Thema. Außer bei seinem Vornamen, Roman, und den will er auch haben.

Sie kaufte sich neue Unterwäsche, anderes Duschgel, eine Nachtcreme und wurde von panischer Angst gepeinigt, alles Schöne würde zu Ende sein, wenn sie erst einmal täten, was doch wohl auf sie und ihn zukam.

Sie sagte ihrer Tochter Nele am Telefon, daß sie „öfter mal ausgeführt werde ...“ Schön“, sagte die Tochter gelassen, „Hauptsache, du hast noch Zeit, wenn die Kinder dich mal brauchen. War'n Scherz! Klar, ist doch in Ordnung.“

Es war aber nicht in Ordnung. Etwas von ihrem Zwiespalt mußte raus.

Sie sagte: „Warum gerade ich? Der ist was Besonderes, der ist klug und hat Manieren. Er weiß immer, was ich gerade denke, und ich weiß es von ihm auch. Meinst du, daß der was für mich empfindet? Denkst du, der ist gut für mich?“

Ihre Tochter meinte, es wird, was ihr draus macht. „Kenn ihn ja nicht. Vielleicht will er bloß an dein Haus ran. Aber da bin ich dazwischen.“

Das war ein anderes fälliges Thema. „Willst du es haben? Wenn dein Bruder einverstanden ist?"

Klar wollte die Tochter es haben. Wir waren da als Kinder glücklich, und unsere Eltern waren eigentlich ganz in Ordnung.

„Sag das noch mal. Oder hundert Mal. Oder jeden Tag von jetzt an.“

„Hör mal, Elli“, sagte die Tochter, „ach du willst ja jetzt Ellinor heißen. Unter uns Frauen: Sei bloß nicht immer so'n verdammter Angsthase. Und so verklemmt! Hol dir den, wenn er dir gefällt. Dann wirst du ja sehen. Und dein Sohn wird sehr einverstanden sein, wenn ich das Elternhaus übernehme. Rede mit dem, der startet gerade nach Australien, und wenn das nichts wird, geht er nach Bayern. Wovon lebt deiner?“

„Er ist nicht meiner“, sagte Ellinor, „er hat einen eigenen Schlüsseldienst aufgemacht.“

Ja, warum nicht, meinte Nele, aber das war er nicht immer, oder? Facharbeiter für Schlüsseldienst, gab's das?

Nein, war er nicht immer. Hätt' er ja nicht studieren müssen.

Wassn?

Weiß ich noch nicht.

Nele lachte, na, dann krieg mal alles raus und mach dich über ihn her. Das ist das Leben, mein Gott. Wir wolln den aber auch sehen. Und das Haus nehm ich.

Nach diesem Gespräch, das noch anderen Austausch enthielt, dachte Ellinor, daß sie wohl doch verdammt altmodisch sei, denn Nele hatte mit ihr geredet wie in Sex and the City, was für die jungen Weiber Kult war und wovon sie sich jedes Mal verletzt fühlte. Bist du neidisch? hatte Nele gefragt, aber da hätte man sie auch fragen können, ob sie neidisch auf die Mondflieger sei. Die Sprache und das Verhalten der jungen Frauen waren ihr ganz fremd, und für ihr eigenes Leben schien es da keine Erleichterung von chronischer Verkrampfung zu geben.

Vielleicht bei ihm, aber ebenso wie alles sie zu ihm drängte, hielt das schon abgelaufene Leben sie von ihm zurück. War sie noch gut für einen neuen Mann?

Ich muß es jetzt wissen, dachte sie, und nahm es sich vor wie einen Crashkurs. Da hat man auch Angst, aber man tut auch was dagegen.

Sie kämpfte mit sich, ob sie ihm, und wann, anvertrauen sollte, daß sie Hartmut einmal betrogen hatte. Auf einer Dienstreise, und schon beim ersten Mal hatte sie mit einem Kollegen etwas erlebt, was nichts mit Liebe zu tun hatte, aber da war es so einfach gewesen, sich fallen zu lassen und mal nicht krampfhaft an den anderen zu denken und ob auch alles ins Bild paßte.

Nele würde sagen, da hast du deinen Spaß gehabt. Aber Spaß war das nicht, es war eine Erkenntnis: So geht das bei mir, aber so machen wir es zu Hause nie.

Sollte sie es Roman erzählen? Nein, das ging ihn nichts an. Er war schließlich nicht ihr Therapeut.

Jedenfalls würde sie nicht widerstreben, wenn er ausgerechnet heute zur Sache kommen würde. Vielleicht klappte es wie mit dem Kollegen, mit dem sie später nie mehr darüber gesprochen hatte. Was sie meinte, war: Vielleicht liebe ich ihn noch nicht so, daß ich dann nur glücklich bin, ihn zu spüren. Das schon würde mich überfordern. Mein Kopf wird verrückt spielen, mein Leben wird als Film ablaufen, vermutlich werde ich anfangen zu heulen, und was mir also bleibt, ist das kleine verlogene Ritual: Denk an dich, ich bin so simpel, bei mir klappt es immer.

Es mußte ja sein, und noch länger hinausgeschoben

würde es umso schmerzhafter, wenn er sich danach von dieser gehemmten linkischen Person zurückzog.

Am Abend hielt er ihre Hand, küßte stumm beide Seiten und nahm sie eine lange Weile in den Arm. Sie hörte sein Herz klopfen und spürte, daß es die Gedanken waren, die wie harte kalte Wellen über ihre Gefühle spülten.

Er ließ sie los, ganz sanft, dann tranken sie noch etwas, redeten über die Neuigkeit, daß ihr Sohn nichts über große Umzüge gesagt hatte und Nele wolle ins Haus.

Er hörte sich das an, aber er versuchte nicht, sie zu bedrängen. Willst du umziehen? Dann zieh um. Magst du den Garten nicht? Dann laß ihn zurück.

Er stand schon an der Schwelle der Haustür, als eine ihr bis dahin unbekannte Welle von Sehnsucht, die sie sonst nur in seiner Abwesenheit ertragen mußte, sie überfiel. Er sollte nicht gehen, er sollte bleiben, bei ihr, und sie wollte es ihm endlich sagen: daß sie ihn anders liebte, als sie es kannte, daß sie ihn liebte. Leider sehr und ohne Maß, doch dafür könne sie nicht, das sei seine Schuld.

Es war zu früh, das zu sagen, nicht zu früh, es in einer Umarmung zu zeigen, und seine Erwiderung war verheißungsvoll.

Eines Abends blieb sie bei ihm. Seine Wohnung trug keine Spuren der anderen Frau mehr, anders als bei ihr, wo Hartmut noch immer nur mal eben nach draußen gegangen schien.

Ihre Seele sehnte sich nach ihm und einem Mehr an Nähe. Aber sie fürchtete noch immer, daß sie sich nicht lösen würde, den Kopf nicht abstellen könnte, daß sie jenen nötigen Anteil an Egoismus nicht aufzubringen wüßte, den es nun einmal braucht. Und es würde bei ihr sowieso viel zu lange dauern, und ausliefern wollte sie sich auch nicht, nein, so tief darf man sich mit einem Mann nicht einlassen.

Sie aßen, tranken, küßten sich, kullerten sich auf dem Teppich herum, noch immer angezogen. Ellinor hatte noch niemals einem Mann die Kleidung vom Leib gerissen, und sie glaubte den Filmen auch nicht, daß das so einfach war.

Wie sollte sie es anstellen, sich auszupellen? Dürfte sie verlangen, daß er das Licht löschte, damit sie sich nicht schämen müßte, ihn nicht ansehen, was ja auch viel zu intim war?

Sie haben es zustande gebracht, und es war, was es war, für ihn und für sie.

Es war Vorsicht und Freundlichkeit, es war zärtlich und dauerte durch Verzögern eine Weile, ehe in beiden das Blut seinen Weg fand und anfing, verlangend zu pochen. Einmal, mitten in einer weichen blicklosen Umarmung, streifte beide wie von weither etwas Kaltes, aber es trennte sie nicht, und mochte es sein, was es wollte, es barg in sich das Wunder einer Gleichzeitigkeit, die nicht zu übertreffen war. War es Trauer um Versäumtes, Angst vor Kommendem, sie hatten es gleichzeitig empfunden und kein Bedürfnis, es zu deuten.

Zu früh, es Liebe zu nennen, obwohl es schon Liebe war. Womit sie sich abgefunden hatten, nämlich allein zu bleiben, das wäre ihnen nicht mehr denkbar gewesen. Es war nicht, weil sie nun ein Hemd von ihm über ihrem nackten Körper trug, der von ihm geküßt, gestreichelt und angenommen worden war, es war auch nicht, wie sie am Küchentisch saßen und sich Stullen schmierten, weil sie Hunger auf alles auf einmal hatten, es war, weil sie sich auf einmal reden hörte, als wäre es ganz einfach. Weil er antwortete, als wäre Leid doch heilbar, weil sie sich berührten und anstaunten und die Blicke ineinander sinken ließen, solange die das wollten.

Ich bin das nicht, hier. Wenn die Glocke schlägt, wach ich auf und bin die panische Elli, die jedem alles recht machen will.

Wenn die Glocke schlägt, sagte er, bin ich der zu Tode

erschrockene Vater, der die ganze Schuld bei sich sucht, obwohl er seit fünf Jahren an dem Phänomen krankt, daß es Menschen gibt, die kann man nicht aufhalten.

Sie waren nicht mehr jung, aber ihre Liebe war es. Ellinor zog aus dem Haus, Nele zog ein. Einem vernünftigen Gedanken folgend, waren sie in zwei Wohnungen im selben Haus gezogen und hielten sich meist in der einen oder anderen gemeinsam auf.

Nele hatte verstanden, ehe ihre Mutter die richtigen Worte fand. Das gibt's, sagte sie, denkst du, das passiert heute nicht? Armer Papa, es hat nicht gepaßt mit euch. Aber dafür wart ihr sehr nobel. Das haben wir euch immer hoch angerechnet.

Wie, das habt ihr gemerkt?

Na, hör mal. Natürlich. Wie Tante und Onkel.

Es tat weh. Es tat immer noch weh, weil sie begreifen mußte, daß nicht nur er ihr, daß sie ihm ja auch ihre Seele schuldig geblieben war.

Jetzt wollte sie alles, was Liebe sein kann. Und da Liebe fast alles sein kann, fanden sie miteinander und aneinander Anziehendes und Befremdliches genug.

Was man weiß, kann man auch sagen, lernte sie, und was nicht ganz paßt, das ist im Vergleich zum Möglichen nicht wichtig oder muß noch besprochen werden, vielleicht auch nicht.

Am Grab seines Sohnes sagte er: „Es war mein Versagen. Ich habe als Vater versagt. Er wollte schon als Vierjähriger mit dem ersten Dreirad die Treppe runterfahren. Mit dem Fahrrad hat er es gemacht. Und ich hab gedacht, das gibt sich. Das ist ja auch immer das Bequemste."

Es hat dir das Herz gebrochen, sagte sie.

„Ja, aber es scheint einem nach genügend Zeit ja eins nachzuwachsen. In den vielen Nächten hinterher hab ich nach der Lösung gesucht. Ich hätte ihm beizeiten Richtungen geben sollen für diesen Drang zum Risiko. Von klein auf, aber ich hatte nicht die Idee und wäre damit auch schlecht angekommen. Der arme Junge, was dem alles passieren kann. Ich hab mir seitdem vorgestellt, daß er ein guter Artist geworden wäre. Es ist mir aber nicht eingefallen. Dabei hab ich Maxim rumturnen sehen, über Kistenstapel, fast an der Decke lang. Stuntman, oder eben Artist. Woher er diese Waghalsigkeit hatte, weiß ich nicht. Aber ich hätte sie lenken müssen, ihm Ideen geben. Daß ich es nicht getan habe, bleibt mein Versagen. Man kann doch so einem Jungen nicht dauernd sagen, was er lassen soll, man muß ihm auch Vorschläge machen. Mein Versagen, und das bleibt es."

Ja, sagte sie. Und vielleicht sei es ebenso ihre Schuld, daß ihr Sohn jetzt mit seiner Familie weggehen muß, weil er hier keine Arbeit findet.

Er sagte, Paul könne aber jederzeit wiederkommen, sein Sohn nicht.

Der Mensch lebt an der Grenze des Alters nicht nur mit dem Stolz auf das, was er geschafft hat. Das Unverzeihliche und das Unverziehene unterliegen nicht der Gnade des Vergessens, und das Hirn schafft es auch nicht, das einmal Erkannte in andere, verschwommene Bereiche zu tragen.

Sie hatten damit zu leben, mit seinem und ihrem Anteil am Glück anderer und am Versagen. Sie hätte aus ihren trockenen Nächten aufbrechen können, aussprechen sollen, was die Seele krank machte – und hatte es nicht getan.

Sie fragten sich gegenseitig nicht: Liebst du mich? denn das wäre ihr zu gewagt erschienen, und er, aber das erfuhr sie nicht, hatte es vielleicht noch nie so gesagt, so einfach in Worten. Aber schlau wie alle Liebenden kleidete sie die doch bedrängende Frage in Alltägliches, dem nicht anzusehen war, daß es Samt und Seide meinte. „Falls du mich liebst, könntest du mir noch ein bißchen Tee geben." Oder, das kam von ihm: „Falls dir mehr an mir liegt, als ich zu hoffen wage, könnten wir den Fernseher ausmachen."

Liegt, sagte sie.

Das ist gut, sagte er, oder wie sagt man heute? Das bringt's.

Was noch vor ihnen lag, war hoffentlich eine lange Zeit. Nicht mehr die ganze, und also war es der Gedanke an die Verlierbarkeit des anderen, der schwer zu ertragen war und der sie beide veränderte. Verlorene Zeit war verlorenes Leben, Mißverständnisse sind ein dummer Luxus, den sie sich nicht leisten konnten. Nicht alles an Ängsten und Freuden war ihnen ständig bewußt. Das wäre auch unerträglich gewesen. Aber die Umrisse der Welt wurden ihnen anders sichtbar, weil sie sich geliebt fühlten, und mehr noch, sie liebten, und daran hatten sie nicht mehr geglaubt.

Das Leben war eigentlich zu schön, es war anstrengend, überfüllt, ließ wenig Faulheiten zu und manchmal wußten sie nicht, woran sie sich zuerst verschwenden sollten. Fluchtgedanken kamen selten, sie kamen, denn wer zu sehr am Leben hängt, hat zuviel zu verlieren. Obwohl sie nicht mehr jung waren, erlebten sie die nötige Abwesenheit des anderen ziemlich ungelassen. Für die Liebe, gefüllt mit allen schwarzen und bunten Bildern des Vorher, sonnentrunken, empfindsam, bestärkend und heilend, war das gut so.

Du kannst nur altern wie ein Baum
wenn deine Wurzeln nicht verdorren
hältst du die Äste gut versorgt
und ihr Geflecht nicht zu verworren

Du kannst nur altern wie ein Baum
wenn sich noch Schultern an dich lehnen
für deines vollen Schattens Trost
braucht es Erinnern und ein Sehnen

Du kannst nur altern wie ein Baum
lernst du, dich weise zu beschränken
und all der bunten Blätter Fall
darf dich im Lebensnerv nicht kränken

und stehst du einmal nackt und arm
so muß auch diese Zeit dir nützen
tu alles, was dir möglich ist
um deine Wiederkehr zu schützen

Du kannst nur altern wie ein Baum
wenn dich die andern nicht ersticken
solang in deine hohen Zweige
erwartungsvolle Augen blicken

doch ob du wert bist, nachzufragen
wie man so groß wird, wem ein Dach
entscheidet sich in jüngren Tagen
gebogen oft, dem Sturm zu schwach

Himping Elisabeet

In zwei Jahren hättest du deinen hundertsten Geburtstag gefeiert, und wir hielten für möglich, daß wir diesen Tag mit dir feiern würden.

Aber du bist vorher gegangen, ohne Schmerzen und ohne langes Leiden. Du bist eingeschlafen und nicht mehr aufgewacht. Ein solches Ende des Lebens ist für jeden Menschen zu erhoffen, auch für dich war es eine Gnade.

Von deiner Persönlichkeit war nur noch das übrig, was du zu unserem Kummer schon in deinen jungen Jahren an dir hattest. Dieses übermäßig selbstbezogene und laute Verhalten, alles das, was niemand von uns mochte, und gegen dein Ende auch kaum noch ertrug. Ich habe keinen taktloseren Menschen gekannt, aber andererseits war nichts an dir sicher, deine Worte meist unglaubwürdig, und deine Nähe zu anderen Menschen nie von Treu und Dauer. Du warst selbst innerhalb eines Tages eine oft unverständlich andere als gerade eben noch, eine, die allen Menschen das Schlechte unterstellte, immer ganz von deinen Stimmungen abhängig, und immer warst du die jeweils andere ganz.

Ich habe dich oft durchschaut, aber niemand sonst hat mich immer wieder so überrascht. Demnach habe ich dich wohl doch nicht gut genug gekannt.

Aber nun muß ich mit dir ins reine kommen, denn selbst wenn unsere Beziehung einzigartig gewesen wäre, was sie nicht war, sie war vorgegeben und wir hatten mit ihr zurechtzukommen. Selbst dann, wenn meine Liebe zu dir erwidert worden wäre, hätte ich den Wunsch, dich nicht mehr nach meinen Wünschen oder meinen Empörungen zu erklären.

Du warst eine starke Frau, die sich für nichts auf der Welt mehr interessierte als für sich selber. Die meisten deiner Wünsche blieben unerfüllt, denn du hattest nur solche, die für Geld zu haben waren, und Geld hattest du fast immer zu wenig. Da du überdies eine leichtfertige Person warst, konntest du auch weder mit Geld noch mit anderem Eigentum sorgsam umgehen. Du hast gern mehr verschenkt, als du eigentlich hergeben wolltest, Geld oder Pudding, Unterröcke aus den Päckchen, die dein Mann als Soldat aus Paris schickte, und alles, was dir zwischen die Finger kam. Du wolltest beliebt sein oder werden, aber du hast die Nehmenden dafür verabscheut, daß sie deine Gaben nicht zurückgewiesen haben, und immer hast du noch lange danach ausgerechnet, was es dich gekostet hat und wieviel weniger das wert war, was du dafür gekriegt hast.

Ich habe schon als pubertierendes Mädchen, später als gelangweilte ratlose Hausfrau, aber auch später, als in die Weltgeschichte vertiefte Linke wissen wollen, weshalb dieser mein Vater, der es gerade bis zum Obergefreiten brachte, so viele Geschenke in Päckchen und Paketen aus dem besiegten Frankreich an uns schicke konnte. Der Gedanke, er könnte die Sachen in Paris einfach geklaut, sprich requiriert haben, war abwegig. Nicht er, eine solche Charge hatte er nicht. Aber er hat 3000 kostbare Zigarren geschickt, auf Samt gebettet, in edles Holz oder Glas verpackt, noch original, nicht etwa als einzelne Exemplare.

Von denen fand er dann noch drei Stück vor, drei einzelne, als er nach Hause kam, und der Traum vom Tabakladen in Berlin war ausgeträumt. Aber all das andere, sicher nicht so teuer wie die edlen Zigarren, immerhin aber drei kleine Radios, Krimmermäntel für uns Töchter, das war damals edle Kleidung, für Mama einen Pelzmantel, vielleicht Kaninchen, aber elegant, und Seife, und … es war mehr, auch wenn ich mich an die einzelnen Dinge nicht erinnern kann.

Du hast über die Herkunft der damals so kostbaren Sachen nicht einen Augenblick nachgedacht, du bist leichtfertig mit dem Empfang und Verbleib der Kostbarkeiten umgegangen, wie es eben deine Art war, lachend, schenkend und hinterher schimpfend, es wäre dir „abgebettelt worden“, was nie stimmte.

Ich habe bis vor ein paar Wochen keine Erklärung dafür gefunden, wie dein Ehemann als Obergefreiter in Frankreich so aus dem vollen schöpfen konnte.

Die Erklärung dafür findet sich auf Seite 103 in einem Buch über „Raub, Rassenkrieg und nationaler Sozialismus“, das von Götz Aly geschrieben wurde und „Hitlers Volksstaat“ heißt.

Am liebsten möchte ich meinen Krimmermantel mit Füßen treten und sogar die rare Schokolade von damals wieder auskotzen, aber gemach, schön ruhig bleiben, und wenigstens kurz erklären, was der Leser in Alys Buch ausreichend erfahren kann.

Im Kapitel „Individuelles Bezahlen“ erfahre ich von der Erfindung der RKK-Scheine als gültiges Zahlungsmittel im besetzten Frankreich. Die Scheine sahen wie Papiergeld aus und lauteten auf Reichsmark. Mit Hilfe dieser Scheinwährung konnte zumindest in Frankreich, also mitten in Europa, auf die sonst übliche Requirierung und Beschlagnahmung alles Lebenswichtigen verzichtet werden. Nach der Haager Landkriegsordnung hätten die Diebstähle ja quittiert werden müssen, natürlich nicht im Osten, aber mit Frankreich mußte etwas pfleglicher, etwas schlauer umgegangen werden.

Diese RKK-Scheine wurden in Deutschland hergestellt, durften dort aber nicht in Umlauf gebracht werden. Es war Besatzungsgeld, das von allen französischen Banken und Sparkassen unverzüglich in gültige französische Francs einzutauschen war. Die Geldinstitute lösten das wertlose Papiergeld bei der „Banque de France“ wiederum gegen gedeckte Francs ein. Es war die Aufgabe der französischen Notenbank, zusammen mit der staatlichen Finanzverwaltung immer neue Francs herbeizuschaffen, denn die eingetauschten

Scheine konnten sie auch in den Papierkorb werfen. Sie hatten keinen Geldwert.

Sehr einfach: Von der „Banque de Franc" wanderten die gültigen Zahlungsmittel wieder in die deutsche Zahlmeisterei und verwandelten sich – auch für einen Obergefreiten – in Kaufkraft. Die ständige Zirkulation mit dem immer selben Trick war durch Dekrete und die Verordnungen der Besatzer als Befehl untersetzt und durchgesetzt worden.

Es handelte sich um eine bewußt ausgelöste Kriegsinflation, und so gesehen um ein Verschenken der Waren, die in Frankreich zunächst immer noch reichlicher als anderswo und begehrenswert zu haben waren.

Du hast das nicht gewußt, nichts davon, das ist dir nicht vorzuwerfen. Aber du hast auch nicht eine Sekunde darüber nachgedacht, wieviel Geld dein Mann haben mußte, um etwas davon in Luxus für die Familie umzusetzen, was nie seine Stärke gewesen ist. Schon gar nicht, daß er einen Gedanken an die Zukunft verschwendete, wie es sich in den Zigarren auszudrücken schien.

Du warst glücklich über deine 339 Reichsmark monatlicher Auslösung, soviel Geld hast du vorher nie besessen. Monatlich 90 RM gingen außerdem an die Bauern in Oberösterreich als Unterhalt für die drei Kinder. Aus dem Elend war tiefe Zufriedenheit geworden. Du hast in den Nächten um niemanden gebangt, da draußen an der Front war keiner, an dem dein Herz hing, das soll auch kein Vorwurf sein. Dein Kartenlegen als Mutmachen für die anderen Frauen war sicher deine Art von Mitgefühl.

Von dir aus hätte aber alles für immer und ewig so bleiben können, denn die Frauen hingen an deinen Prophezeiungen, die wußtest du vielfach zu handhaben. Als es dir im späten Alter finanziell noch viel besser ging, konntest du auch das deiner Gerissenheit danken, der Fertigkeit, dich dummzustellen. Erst nach vielen

Jahren wurde vom Amt bemerkt, daß du eine Rente zuviel bezogen hast, als mehrfache Witwe mehrfach versorgt wurdest. Du hast dich auf dein Alter, auf Vergeßlichkeit und gänzliche Unwissenheit berufen. Es gelang dir, du mußtest nichts zurückzahlen, es war dir wieder einmal gelungen, mit deiner Unbedenklichkeit und deinem Mangel an Skrupeln durchzukommen. Du warst nicht mehr belangbar, hoch in deinen Achtzigern, und das ursprüngliche Versehen lag ja tatsächlich beim Amt. Aber du hast es gewußt und niemanden darauf aufmerksam gemacht. Als sie es dabei beließen und dir obendrein sozusagen noch Vertrauensschutz gewährten, hast du wieder so gelacht wie früher. Über die Blödheit der anderen und die eigene Schläue.

In diesem späten Lebensalter hast du immer mit Scheinen gewedelt, auch in meine Richtung, aber da Taktlosigkeit eben eine deiner stärksten Prägungen war, danktest du mir – auch in Gegenwart von Familienmitgliedern, die gern nahmen – wortreich dafür, daß ich so anständig war, kein Geld von dir zu nehmen.

Ich wollte etwas anderes von dir: die Wahrheit. Nicht nur in Andeutungen, die zurückgenommen wurden, nicht nur heftiges Abstreiten oder Ablenken.

Der sich von mir Papa nennen ließ und mich Zeit unseres Zusammenlebens nicht ein einziges Mal bei meinem Vornamen genannt hat, für den ich „du da“ war und „du da“ blieb, der hat es mir einmal gesagt. „Was hab ich denn mit dir zu schaffen, frag deine Mutter.“

Da war es, das immer Vermutete: der ist nicht mein Vater. Du hättest es mir sagen können, sagen müssen. Er hat es gesagt, während er sich, obdachlos inzwischen, bei meiner Schwester an der Wasserleitung rasierte. Ich hatte ihn nach einer vererbbaren Hautkrankheit gefragt. Ob es die in seiner Linie gegeben habe, und ob er sich daran erinnern könne. Da kam diese Antwort, die mich aus seinem Blut wies.

Ich kann mir denken, wer mein Vater gewesen sein könnte. Meine Mutter war Dienstmädchen in seinem Haushalt und kümmerte sich um den kleinen Sohn, weil die Ehefrau als Schauspielerin meist abwesend war.

Ich glaube aber, du hast es selber nicht gewußt und hättest mir genau das nicht gesagt, und wenn du zweihundert Jahre alt geworden wärst.

Ich habe dir das schon lange verziehen, weil ich dich darin verstehen kann.

Du hast zugegeben, daß Papa mich nicht leiden konnte und auf mir „rumtrampelte“.

Wir waren uns in nichts ähnlich, dein Mann und ich, weder äußerlich noch innerlich, und nichts heißt in diesem Zusammenhang: nichts.

Er ist im Straßengraben verreckt, besoffen und bekotzt. Sein bitterer Weg der Sucht nahm dieses nicht ungewöhnliche Ende.

Ich habe ihn als Kind geliebt, o doch, ich habe mir wenigstens geringe Zuwendung von ihm zu verdienen gesucht, nur ein Lächeln, aber er lächelte fast nie, und mir hat er nicht einmal in die Augen gesehen, und angelächelt hat er mich nie.

Kein Wort des Abschieds von ihm, als ich in eine zu frühe Ehe geflohen bin und er meine Haustrauung nur zum Besaufen genutzt und sich vor allen lächerlich gemacht hatte.

Als du anfingst, alles zu vergessen, was du nicht mehr wissen wolltest, sogar deinen geliebten Sohn, der dem Weg des Vaters bis zum Ende gefolgt war, als du nicht mal mehr die Uhr deuten konntest und unsere Namen vergessen hattest, da kramtest du aus deinem Gedächtnis dieses Gesicht, diesen Namen einzig, und du stelltest dir das alte Foto, von euch beiden als junge Leute, auf den Nachttisch, als Beweis, wie schön er war und wie ihr euch geliebt habt, damals, ach, damals. Und er war so intelligent und konnte so schön singen – ja, ein einziges Lied, von einer falsch begatteten Ziege, ein anderes habe ich von ihm nie gehört. Du hast ihn morgens und abends begrüßt, deinen Franz, neckisch hast du das getan, als hättet ihr euch nicht geprügelt, als hätte er dir nicht das letzte Geldstück gestohlen. Er hat selten gearbeitet, aber wenn, dann kam er freitags mit dem Lohn nicht nach Hause, sondern kehrte erst einmal in der Kneipe ein. Du hast uns Kinder losgeschickt, ihn zu suchen und nach Hause zu bringen.

Es ist schwer, dir zu verzeihen, daß du nicht selber gegangen bist, denn er war ein Säufer, aber auch ein schwacher Mensch. Als du es einmal wolltest, hast du gezeigt, wie stark du sein kannst, du hast ihn aus der Kneipe geprügelt und die gleich mit ausgeräumt. Das hast du meinetwegen getan, weil ich ihn am Ärmel gezupft und er mich deswegen geschlagen hatte. Aber du hast es nicht getan, weil du mich liebtest oder weil ich dir wichtig war, sondern weil du wütend warst, und wenn du das nicht an uns Kindern ausgelassen hast, war es herrlich anzusehen. So eine furchtlose, so eine großartige Mutter, mit vielleicht breiten Flügeln, aber ehe man drunterschlüpfen konnte, waren sie schon wieder zugeklappt.

Warum hast du mich nicht geliebt, trotz allem und von Herzen? So wie deinen Franz?

Ich habe dir verziehen, daß du mich abtreiben wolltest. Ich verstehe, daß du mich nicht gebrauchen konntest. Du warst arm, hattest keine Wohnung und schon vorher ein Kind ins Waisenhaus gebracht. Du hättest Hilfe gebraucht, aber du warst in Berlin allein auf der Welt. Dein Vater hat dich aus dem Rheinland hierhergelockt und dann versucht, der hübschen Tochter zu nahe zu treten.

Aber dann, nach 1933, mit unerwartetem Segen von oben, sichtbar vor allem für die armen Leute, mit Arbeitsplätzen und vielfachen Unterstützungen, Mutterkreuz und Sachspenden, wurde alles gut.

Auch du hast getrennt zwischen dem, was dir wie durch ein Wunder zugute kam, und dem, was den „einfachen" Juden widerfuhr. Darunter verstandest du solche Leute, wie sie in unserem Haus am Georgenkirchplatz wohnten. Es sollte dir weiterhin besser als früher gehen, aber dann sollen sie sich doch an die reichen Juden halten und die armen in Ruhe lassen. Wir sollten die aus unserem Haus ruhig weiter grüßen, warum denn nicht. Die hatten doch niemandem etwas getan.

Der Doktor Rosenzweig zum Beispiel, der verlangte bei Hausbesuchen bei uns kein Geld, war aber immer gekommen und hatte sich unsere Bedürftigkeit nie anmerken lassen.

Reiche Leute lügen zu ihrem Vorteil, arme schwindeln, auch wenn sie gar nichts davon haben. Oma Maari kam aus der Ackerhalle und erzählte, sie habe unseren Doktor in seinen Hauseingang geduckt gesehen, er hatte den Mantelkragen hochgeschlagen und kein Geld. Sie habe ihre Geldbörse in seine Hand ausgeschüttet.

Ich dachte: Wenn sie ihn gesehen hat, dann hat sie ihm auch das Geld gegeben.

Aber ich glaubte ihr nicht, daß sie ihm begegnet war. Seine Praxis lag nahe dem Pappelplatz, dort kam Oma nicht vorbei, wenn sie vom Elisabethkirchplatz in die Markthalle unterwegs war. Ich ging schon in die Schule, konnte vorher schon lesen und hatte auch die endgültige Erfahrung gemacht, daß die Erwachsenen einander unentwegt belogen. Sie hatten eine Wahrheit für hinter dem Rücken, eine für ins Gesicht. Die eine unterschied sich gänzlich von der anderen. Es gab auch keiner je etwas zu, und ich habe nicht erlebt, daß sich einer nach langem Zank beim anderen entschuldigte oder daß sie wenigstens über die Ursache des Zerwürfnisses gesprochen hätten.

Wahr oder nicht wahr, später hat mich mehr beschäftigt, daß sie ihn vielleicht wirklich gesehen hat und nicht mehr für ihn tat, als ihm ihre paar Groschen zu geben. Warum hat sie ihn nicht mit nach Hause gebracht oder ihn dort wenigstens telefonieren lassen? Opa war in seinem Schneiderladen in jener Zeit gegen Ende der dreißiger Jahre der einzige Besitzer eines Anschlusses in der Straße.

Sie hat nichts getan, nicht viel jedenfalls, wenn überhaupt etwas, aber als sie zu Hause davon erzählte, hat sie auch niemand bestürmt, noch einmal hinzugehen und ihn zu holen. Dabei war er doch ein Wohltäter, er war in Not, und sie waren gläubige Katholiken.

Diese Frage kann mir niemand mehr beantworten: Hatten sie Angst?

Oder gewöhnen sich arme Leute immer bald daran, zu nehmen, und auch, wenn sie jemandem viel schuldig sind, bleibt es bei dieser Rollenverteilung? Maari jedenfalls hätte sich mehr nicht getraut. Das halte ich ihr zugute, aber ich glaube, sie hat gar nicht daran gedacht, und wahrscheinlich auch nicht an eine wirkliche Lebensgefahr für ihn geglaubt. Und doch war sie doch zum Schutz ihrer Brut eine wachsame Person, oft tapfer, sie hat zu sorgen gewußt in solcher Art, wie sie bei immer knapper Kasse und immer halbleerem Regal eben üblich ist. Ihr Mann gab ihr an jedem Tag eine oder zwei Mark zum Wirtschaften. Er war zwar sehr geizig, aber in diesem Punkt vernünftig. Jeden Pfennig mehr hätte sie verschenkt.

Sie wußte jede Suppe zu strecken und doch schmackhaft zu erhalten, sie war auch nicht auf die Gusche gefallen, wie man in Berlin sagt. Die Erinnerung an sie ist die an Selbstgebackenes, an unvergessen duftenden Kaffee, an den Geschmack von Hühnersuppe aus sehr großem Topf.

Und es sah doch auf einmal für alle ganz günstig aus. Wir wurden aus dem Waisenhaus geholt, es gab eine Eheschließung mit „Stammbuch", und wir waren nicht mehr „volksdeutsch", sondern eingebürgerte Reichsdeutsche, da freuten sich alle. Es schien Angst zu nehmen, und es war auch gut, daß die Papiere über arische Herkunft allseits beigebracht werden konnten.

Wir hatten doch zunächst einmal alle etwas davon, nicht wahr? Wir Unterprivilegierten, ewig Hungrigen, wir wegen Heimarbeit wochenlang die Schule schwänzenden armen Luder, die keinen Zettel von Mama vorweisen konnten und also die Hand für Stockschläge hinhalten mußten.

Du hast gesagt, du hättest nicht gewußt, was du schreiben solltest, und Lügen kommen am Ende immer raus.

Das habe ich dir nicht verziehen.

Für ein wißbegieriges Kind ist es schwer, mit einer ungebildeten Mutter zu leben, die zu allem eine Meinung und von nichts eine Ahnung hat.

Wir wohnten, nach heute nicht mehr auffindbaren, auch nicht zu zählenden Behausungen in Kellern und Kammern innerhalb des Scheunenviertels nun am Georgenkirchplatz, den es nicht mehr gibt. Die Georgenkirche gibt es auch nicht mehr, nicht die jüdische Schule gegenüber dem Sandkasten, in dem wir manchmal spielten, Sandkuchen mit Spucke.

Wir bewohnten zwei sehr kleine Zimmer und ein Loch als Küche. Schliefen zu zweit im Eisenbett und wurden von Wanzen geplagt, denen du mit einer Lötlampe beizukommen suchtest. Das war ziemlich wirkungslos. Ich erinnere mich an die unbezogenen Betten und an den zerkratzten alten Kleiderschrank, dessen abnehmbares Oberteil auch als von uns Kindern begehrtes Bett gedient hatte. Es gab Streit darum. Wir waren zwei gehässige und neidische Schwestern. Ich will mich da nicht ausnehmen. Aber anderen Menschen gegenüber hast du mich immer die „Gute" genannt. „Die kann verzichten", hast du gesagt, und damit war entschieden, wer das letzte Stück Kuchen kriegte.

Kurz vor dem Krieg kam ein amtliches Schreiben mit

dem Angebot zur „Winterhilfe“ für die kinderreiche Familie. Welch eine Freude. Zur angegebenen Zeit begaben wir uns in ein Haus in der Nähe des Alexanderplatzes. Mein Gedächtnis sieht uns in einer großen Halle. Dort lag und hing die Hülle und die Fülle. Volle Regale, Kleiderständer, Stapel, Kästen – ein nie gesehener Reichtum.

Wir gingen zu Fuß nach Hause. Ich trug einen Rucksack mit Wäsche und auf dem Kopf ein Teil einer Bettmatratze. Du hast glücklich vor dich hingeplappert, daß wir bestimmt noch mal hindürfen, und dann nehmen wir …

Was, das weiß ich nicht mehr. Einen Teppich, doch, du hast von einem Teppich gesprochen. Und du hattest einen anderen Mantel an, vielleicht nicht neu, aber besser als dein alter. Meine Schwester hatte das zweite Matratzenteil auf dem Kopf, das dritte schlepptest du unter dem Arm, weil der vorher leere Kinderwagen hoch gefüllt war. Wir schoben ihn abwechselnd mit all den geschenkten Kostbarkeiten. Du hast gesagt: „Sagt Papa ja nicht, wo das ist, sonst rennt der da besoffen hin …“

Ich sehe dich, wie glücklich du warst, nach vier Geburten noch immer auf ein glückliches Wunder hoffend, du warst so flirrend, genußsüchtig, zu streng, zu bequem, zu beeinflußbar, zu leichtsinnig. „Mir hat ja noch nie einer was geschenkt“, hast du gesagt, aber das stimmte nicht, weil die Eltern von Franz die ganze Familie über Wasser hielten, obwohl Opa der einzige Mensch bei uns war, der regelmäßig Geld verdiente. Sie gaben uns immer zu essen, aber das beeinflußte nicht deine Rolle als armes Mädchen, das ein besseres Leben verdient hätte.

An jenem Tag der unverhofften Bereicherung haben wir uns, Saal oder Turnhalle, aus geraubtem jüdischem Eigentum bedient. Anders kann es nicht gewesen sein. Es war getragene Kleidung, es war solide, ordentliche

Bettwäsche, wie ich sie noch nie gesehen hatte. Nicht Seide oder Spitzen, aber weiße Wäsche.

Pelze habe ich nicht gesehen, soweit ich mich erinnere. Es handelte sich um eine vorsortierte Beute fürs Volk, für unsereinen. Es war Sore, es war Diebstahl, und wir trugen das Gestohlene glücklich nach Hause.

Ich habe dir das später zu erklären versucht, ohne es dir oder mir vorzuwerfen, dir sogar zugestehend, daß du das damals nicht wissen konntest und ich es ja auch erst viel später so gesehen habe.

Du hattest das aus deinem Gedächtnis gelöscht, lange vor deiner Demenz. Ich erkannte, daß du meine Skrupel nie teilen würdest. Wir waren arm, genießt den Krieg, der Frieden wird furchtbar, an diesen deinen Spruch hast du dich erinnert – und wieder so gelacht. „Nein nein, ich habe doch den Juden nichts weggenommen" – das hatte ich auch nicht behauptet – „ganz im Gegenteil", hast du gesagt, und dich sehr präzise daran erinnert, wie du den Glasers im Erdgeschoß geholfen hattest, mit Kartoffeln und Marmelade. Ich konnte mich daran noch besser erinnern, denn ich habe diese Gaben abgegeben. „Die waren doch auch nicht anders als wir", hast du gesagt. Nein, aber sie lebten anders, denn sie hatten ihnen die Wohnungstür ausgehängt, ehe sie abgeholt und vermutlich umgebracht wurden. Einfache, bescheidene Leute, solche wie wir.

Du mochtest nicht, daß ich von der Zeit nach deiner einmaligen edlen Spende sprach. Alles so lange her, und man hat das ja alles nicht geahnt.

Das stimmt nicht, Elisabeet.

Als Lauscherin auf dem Flur hörte ich eine betroffene Nachbarin erzählen, wie es in Sachsenhausen zugeht. Ihr Sohn war nur Arbeitsbummler, der kam nach einem halben Jahr wieder, aber er hatte dort gesehen, worüber er nie reden sollte.

Wie kann ein Sohn, von Angst geschüttelt, über Entsetzliches lange schweigen? Und wie soll eine Mutter das mit sich allein abmachen? Die Politischen, habe ich gehört, mit denen machen die ganz kurzen Prozeß.

Mit all dem wolltest du nichts zu tun haben und hast dir aus dem Koben nur die Perlen deiner Guttaten gefischt. Die gab es, sicher, aber das andere gab es auch, und du hast vieles gewußt. Dein altes Gedächtnis beschenkte dich mit dem Kunststück selektiver Auswahl, nun perfekt, aber geübt hast du das lange vorher, dein ganzes Leben lang.

Am Abend des Pogroms war ich auf der Straße, mittendrin, siebenjährig. Erschrocken, ängstlich, fasziniert, unberaten. Das große Pssst ging um, auch in unserer Großfamilie.

Aber dann hatte sich die milde Hand ländlichen Lebens im tausend Kilometer entfernten Ort auf die frühen Schrecken gelegt.

Dein Anteil daran, daß es nicht ganz so gut anfing, war erheblich. Du hast uns in den Zug gesteckt, mit Namensschild um den Hals, aber du hattest nicht mit uns darüber gesprochen, wohin diese Reise gehen würde. Ich habe dich bis heute im Verdacht, daß du dich danach nicht erkundigt oder es einfach wieder vergessen hattest. Den vierjährigen Bruder hast du uns mitgegeben, in meine Obhut gegeben, so leicht wie sonst, wenn du ins Kino gingst. Du schienst mir auf dem Bahnsteig ungeduldig, als hättest du den Zug am liebsten selber aus der Halle geschoben.

Wir kamen tausend Kilometer entfernt in eine Fremde, wurden getrennt, verstanden kein Wort, aber wir waren ja schon recht lebenstüchtig, suchten und fanden uns in verschiedenen Orten und blieben zusammen. Nicht auf demselben Bauernhof, aber in der Nähe. Dein einziger Sohn war ein verwöhntes und das Bett nässende Kerlchen, und meine Scham darüber hat sich mit Hilflosigkeit und verzweifeltem Heimweh gepaart.

Ich konnte mich niemandem anvertrauen, und als du nach einem halben Jahr zu Besuch kamst und ihn wieder mitgenommen hast, ehe du vor den Bomben „für immer" ins Dorf einzogst, was sich als schön und schlimm gleichzeitig erwies, war ich glücklich, den armen Jungen loszusein. Weiter Schulweg zu Fuß, schwere Landarbeit ohne Männer, und doch, welch ein beruhigendes regelmäßiges Leben, mit besten Noten für Aufsätze, und als die alte böse Bäuerin gestorben war und eine junge einzog, war es wie eine Gegenwelt zu früher. Sehr karg, und es gab viel Tränen wegen der bedrohten Männer, die alle im Osten kämpfen mußten, deren Tod oder Vermißtsein befürchtet wurde, aber die Natur, die Tiere und die Arbeit gaben eine Ordnung vor, die wurde eingehalten.

„Der Führa werds scho richten." Da wir die ersten Verschickten und zudem Kinder waren, artig, beflissen und bescheiden, durften wir uns einleben.

Bis du kamst. Ich war zwölf und auf dem Weg, eine Heldin zu werden, wenigstens ein sehr guter Mensch. Du hast mich gezwungen, mit unserem Briefträger in einem zwölf Kilometer entfernten Ort heimlich im Wald eine Ziege abzustechen, sie auszuweiden, und dann war Treitinger auf dem Fahrrad und davon, und ich konnte sehen, wie ich die Ziege im Sack auf dem Gepäckträger nach Hause kriege, möglichst tränenlos, damit ich nicht auffalle, denn auf Schwarzschlachten stand die Todesstrafe, und ich dachte durchaus, die träfe auch auf mich zu, und das Entsetzen über den animalischen grausamen Vorgang und meine Angst davor, angehalten und kontrolliert zu werden, hielten sich die Waage. Fast, in den Träumen kam nur die schreiende Ziege vor.

Du hast mich gezwungen, meiner Roslbäuerin, die ich liebte, weißes Mehl aus der Truhe zu stehlen, das dir keineswegs fehlte. Und Boskop-Äpfel, da hast du Schmiere gestanden, in sicherer Entfernung, und ich hatte sie von den Zweigen zu schütteln und zu sammeln. Sie hätten sie dir auch verkauft, und du brauchtest die Äpfel nicht, aber du fandest den Diebstahl lustig.

Du hast mich auch gezwungen, abgeschnittene Zukkermarken aus der Lade zu stehlen, während du die Gemischtwarenhändlerin unters Dach schicktest. Die war alt und langsam.

Nichts davon war gegen die Not. Und kein anderes deiner Kinder mußte das tun. Ich dachte später, es war deine nie versiegende Lust am Unrechten und zugleich dein Versuch, dir selber die Macht über mich zu beweisen.

„Es ist Sonntag, die Glocken läuten/ wie früher, wenn Hitler sprach/ es geht mir durchs ganze Leben/ all das Lauthalse nach ..."

Die Glocken waren am Ende des Krieges zerbombt, oder für Bomben eingeschmolzen worden.

Dein Mann kam wirklich als erster Heimkehrer zum Dorf herein, wie du es freudlos prophezeit hattest, und es ging an die Heimkehr der „displaced persons" nach Berlin.

Wie immer die letzten zwölf Jahre in Deutschland auch gesehen wurden, als erschütternde Befreiung, als nationale Tragödie oder Dolchstoß der Heimat in den Rücken unserer tapferen Soldaten: Die Macht war zerschlagen, und es begann eine neue Zeit.

Ich hatte mich von meiner ersten Liebe zu trennen, auf die du argwöhnische, wohl auch neidische Blicke geworfen hast. Es war meine und eine unerwiderte Liebe, aber ich hab sie in meinem ganzen Leben nicht vergessen. Es war eine verweinte und unschuldige Liebe, aber du hast mich umschnuppert, schamlos abgefragt, und noch immer habe ich deinen täglichen Satz im Ohr: „Komm mir ja nicht mit nem Jör nach Hause, sonst schlag ich dich tot."

Ich wollte Jungfrau bleiben, weil er nicht der erste sein durfte.

Nach vier Wochen im Güterwagen wurden wir in Berlin ausgeladen, da war ich fünfzehn, und deine Blikke auf mich waren anders geworden. Ich war dir eine

Rivalin, denn nicht jeder wohlgefällige Blick eines Mannes galt wie gewohnt dir. Du hast mir obszöne Drohungen und Warnungen auf jeden Weg mitgegeben, du machtest jede kleine Freude giftig. Du hättest gern gehabt, daß ich, ohne Mühe oder Schuld von dir, vom Erdboden verschwinde und dir wieder das ganze Feld überlasse.

Obwohl ich es lange nicht für möglich hielt, ich habe dir das verziehen, auch wenn ich es nicht verstehe.

Aber ich verzeihe dir nicht, was du dann anderen mit mir angetan hast, das ist aber ein ungenaues Wort, das zutreffende wäre: Du hast mich abermals verraten.

Es gibt so etwas wie eine Gabe, die kriegt man mit auf die Welt. Ich konnte Schmerzen lindern, konnte oft sagen, was jemand denkt oder wie etwas werden wird. Manchmal, wenn mir jemand die Hand gab, konnte es eine nicht zu erklärende Übertragung geben. Das heißt, Ängste teilten sich mir mit, auch Hoffnungen, und worum das Gehirn des anderen Menschen kreiste, übertrug sich mir.

Vermutlich ist das so besonders nicht, und mir selber war es von klein auf vertraut, aber du hast daraus ein Geschäft gemacht, indem du armen geängstigten Leuten erzähltest, ich könne ihnen sagen, ob der Mann oder der Sohn noch lebt und ob er wiederkommen wird.

Sie haben dir Geld oder Brotmarken dafür gegeben, daß ich ihnen künftiges Schicksal aus der Hand lese, also prophezeie. Welch eine Qual, denn so funktioniert das nicht, aber du hast keinen Widerspruch von mir geduldet. „Willst du mich vor den Leuten plamiern?" Da kam der rheinische Dialekt wieder durch, dessen Singsang ich nicht mochte.

Ich habe Hoffnung gegeben, und wenn die Leute über mein Wissen staunten, so war ihnen nicht bewußt, daß sie selber mir eben erzählt hatten, was ich ihnen nun weissagte.

Du hattest die Gabe viel stärker als ich, und du hättest wissen müssen, daß sie ihre nie zu überschätzende Kraft nur frei fließend anbieten kann, nie, wenn sie schamlos eigensüchtig benutzt wird.

Sie hat mir manchmal auch später, selten genug, zu nötiger Erkenntnis geholfen, aber wenn ich dich auch immer noch hoffnungslos liebte, damals habe ich dich auch gehaßt. Einen anderen Namen weiß ich für meine Beschämung nicht, und ich muß dir deine Schamlosigkeit nicht verzeihen.

Und noch immer war zwischen uns kein Gespräch möglich. Wenn du unflätig über deinen Mann herziehen wolltest, dann hatte ich die Ohren zu öffnen und durfte dir nur bedingungslos zustimmen. Aber ich wußte doch, daß daraus kein Handeln folgen würde.

Du hättest dein Leben verändern, wahrscheinlich erleichtern können. Das war damals möglich. Aber dann hättest du morgens pünktlich aufstehen und zu einer Arbeitsstelle gehen müssen, um eigenes Geld zu verdienen. Das konntest du dir nicht vorstellen.

Du bist immer bis mittags im Bett geblieben, auch früher, vor dem Krieg, als wir noch in Berlin zur Schule gingen, sofern du uns gehen ließest, ohne Frühstück, ohne Pausenbrot. Wenn wir nach Hause kamen, lagst du immer noch, in Illustrierten blätternd, vor allem in der „Praline", und du hattest einen Fortsetzungsroman aus Zeitungshälften vor dir.

Es gibt eine Sehnsucht nach Ordnung, nach Zuverlässigkeit und Wärme. Die kann ein Kind nicht benennen, aber auch wenn es dergleichen nie erlebt hat, es ahnt, daß es so etwas geben muß, und es sehnt sich danach, und daß die Großen doch zuständig sein mögen für Kummer oder Krankheit.

Das warst du nie, und wenn ich dir wirklich gerecht werden will, dann muß ich die Zeiten bedenken, die einer Frau wie dir Mütterlichkeit auflud, die sie nicht aufbringen konnte. So hast du dich bis zu deinem Ende nicht gesehen, im Gegenteil, du warst der Meinung, du habest dich ganz für deine Kinder geopfert. Ich hätte das gar nicht gewollt, es wäre ein sehr unbequemer Gedanke, aber er ist ja auch nicht wahr.

Einmal hast du gearbeitet, damals im Dorf, an der Sortiermaschine für Eier.

Brucheier durften mitgenommen werden. Deren tägliche Anzahl vermehrte sich durch deine Tätigkeit ab sofort, aber da der Besitzer Franz S. in dich verliebt war, übersah er das. Oder hat er gelacht, so wie du immer gelacht hast, dieses rheinische Karnevalslachen, über alle Schäden, die du verursacht hast, in Kinderseelen oder in denen verliebter Männer. Deine kölnische Frohnatur verwandelte sich allerdings schrecklich, sobald etwas nicht nach deinem Kopf ging. Unvergeßlich schmerzhaft, wie du nach gelungenen bösen Tricks gelacht hast und wie du sagtest, daß die anderen bloß zu dämlich sind. Die haben wohl Angst, sie müssen es dem Pfarrer beichten.

Dein Garten Eden war das Kino. Als es kurz vor dem Krieg hieß, daß die Stars der Ufa am Alexanderplatz mit rasselnden Büchsen hoffentlich viele Spenden sammeln, war dir alles andere egal. Willy Birgel kommt, Zarah Leander, Gustav Fröhlich und Marika Rökk. Dein Leben war zu glanzlos, sicher. Du hattest Kinoträume und sahst dich ungerecht falsch besetzt.

Die Filme müssen für dich die eigentliche Wirklichkeit gewesen sein. Nie habe ich gehört, daß du einen Film weniger gelungen fandest. Du hast nie geraucht, nie Alkohol getrunken, und wenn ich von den vielen leichtsinnigen Affären mit Männern absehe, hattest du nur diese Sucht, aber die hatte dich ganz.

Die Angst, du müßtest wieder nach Hause gehen, weil schon alle Karten ausverkauft sind, muß dich in ihren Klauen gehabt haben, denn wir Kinder standen schon immer lange vor Öffnung der Kasse für dich an. In Berlin ein paar Häuser, in Oberösterreich ein paar Kilometer weiter.

Nach dem Krieg kam es auf das Eintrittsgeld nicht mehr an, so hast du deine Zeit zwischen Geschäften auf dem Schwarzen Markt und dem Kino geteilt. Du gingst einfach von einem Tageskino ins andere, und als dein Sohn auch lieber ins Kino als in seine Lehrstelle ging, fehlte dir die Kraft für einen Einwand.

Von mir hast du kaum etwas gewußt. Das zeigte sich später, als man dich nach mir fragte. Falsches Ei im falschen Nest, hast du zu meinem Mann gesagt. „Ich habe die doch nicht verstanden, ich habe doch nie gewußt, was die bei mir wollte."

Die letzte Ohrfeige von dir bekam ich wegen der von mir gefälschten Unterschrift unter einen Lehrvertrag. Aber es war Theater, Kraft oder Wut steckten nicht mehr dahinter. Du hast mir dann sogar oft was zum Essen hingestellt, weiße Bohnen im Feldgeschirr, Eintopf aus amerikanischen Trockenmöhren oder Maisgrieß in Wasser gekocht. Mehr hattest du nicht, darüber kein Wort.

Es gibt etwas anderes, das steht übers Grab hinaus zwischen uns. Ich hatte deine Versuche, mich aus dem Bauch loszuwerden, alle überlebt. Nun war ich geboren, nun gab es mich. Und so ausführlich und ulkig du vor immer neuem Publikum erzähltest, wie du gegen mich in der Schwangerschaft vorgegangen bist, so wenig hast du bedacht, daß dies doch nur ein Teil deines Erlebnisses mit mir sein durfte. Du bist fünfundneunzig Jahre alt geworden, und solange du lebtest, habe ich versucht, mir deine Liebe zu verdienen. Es ist mir nicht gelungen.

Du bist mit den beiden Jüngeren nach dem Westen gegangen und hast dich von mir nicht verabschiedet, mich nicht einmal informiert. Obwohl ich mich beim Untersuchungsrichter für dich verbürgt hatte. Es war schon recht, daß du gegangen bist, ehe sie dir, wie deiner Komplizin, fünf Jahre Gefängnis wegen Wirtschaftsvergehen aufbrummen konnten.

Nun könnte ich ja denken, du hättest gefürchtet, ich wolle dich nicht gehen lassen wegen meiner Bürgschaft.

Aber das war nicht so. Als ich dich später in Hamburg besuchte, noch vor der Mauer, habe ich dich gefragt, und gesehen, daß du gar keinen Grund angeben konntest, du hattest nur nicht daran gedacht, und das hast du auch ganz unbefangen zugegeben. „Siehst du, das hab ich vergessen. Gott, ich hatte soviel zu packen, bin ja Bernauer immer wieder rüber, die Betten und so …"

Ich hatte dir einen Pelzmantel nach Bergedorf mitgebracht, gefertigt aus fernöstlicher Bergziege, silbriggrau mit schwarzen Sprenkeln. Ein schöner Mantel, weitschwingend, mit großem Kragen, den man hochstellen konnte. Er hat gepaßt, und du hast dich vor dem Spiegel in ihm gedreht. Dann hast du gesagt: „Ich hatte mir ja eigentlich immer einen schwarzen Mantel gewünscht …" Das muß Haß gewesen sein, du mußt mich gehaßt haben, und viele einzelne Erinnerungen wollen mir sagen, daß du so an mir gehandelt hast, weil du mich wie ein Tier am liebsten aus deinem Leben gebissen hättest. Du kamst nicht zurecht mit mir, du kriegtest mich trotz deiner Gewalttätigkeit nicht unter.

Das tut mir leid für dich, und ich kann mir erklären, daß ein jähzorniger Mensch eher zur Besinnung kommt, wenn der Geschlagene schreit oder winselt, oder beides, wie meine Schwester, da hast du dann aufgehört. Aber ich konnte das nicht. Es war kein Vorsatz stehenzubleiben, dich anzusehen und die Arme hängen zu lassen. Darüber warst du fassungslos, du wolltest meine Niederlage erzwingen, aber du hast sie nicht gekriegt.

Du hättest mich einmal in den Arm nehmen können, und mir sagen, daß du mich lieb hast. Oder sagen: Ist doch gut, daß ich dich damals nicht losgeworden bin.

Aber du hast es nie gesagt, niemals.

Du hast nur in Hamburg damit angegeben, daß du im Osten eine Tochter hast, die hat es zu was gebracht, aber du hast nie ein Buch von mir gelesen, dich nur argwöhnisch erkundigt: „Du schreibst doch nicht schlecht über Franz Burock oder über mich? Nein!!! Das machst du nicht."

Bis zu deinem Tod hast du mir Geld angeboten, aber du hast mich nicht geliebt, und du hast es nicht einmal behauptet. Ich möchte nicht mehr daran denken, aber es wirkt bis heute nach und macht mich in Augenblikken schwach, in denen ich stark sein sollte. Ich war selber schon siebzig Jahre, als ich dich neu einkleidete und dein noch immer schönes Haar frisierte. Und war auch da nicht unbefangen und wußte nicht, ob ich mit dir wie eine Mutter oder wie ein Kind reden sollte.

Wir hatten bei strömendem Regen reichlich auf dem Markt in Bergedorf eingekauft, und Laura, umsichtig wie gewohnt, sammelte die Verpackungen, steckte sie in einen Beutel und ging, den Müll zu entsorgen.

Du hast ihr hinterhergeguckt, dann sagtest du verschwörerisch zu mir: „Was trägt das Mädel da raus? Ist mein Geld noch da? Das nimmt sie doch nicht weg, oder?" Dann bist du aufgestanden und hast nachgeguckt.

Es hatte sich nichts geändert.

Ich habe dir schönen Schmuck geschenkt, der war immer beim nächsten Besuch weitergegeben. Der Bestellung einer großen erzgebirgischen Weihnachtspyramide bin ich, schwierig genug, nachgekommen. Sie wurde nie aufgestellt und landete unausgepackt in einer Rumpelkammer.

Der kleine Bruder deines Mannes soll aus dem Wort Liebling, das er in eurer ersten Zeit von euch gehört hatte, das Wort Himping gemacht haben. Es tauchte in den Soldatenbriefen auf, und die Herkunft des Wortes war eine der Anekdoten in der Familie.

Als euer Foto im komfortablen Heim auf deinem Nachttisch stand, war der Mann wieder dein Himping. Und dich selber hast du immer Elisabeet genannt, während die anderen dich Liebett oder Liesbett nannten.

Deine Urgroßenkelin nannte dich Elisabeth, wie mein Mann. Laura sagte, sie mag den Namen Oma nicht. Sonst hat sie viel über dich gelacht. Sie ist sehr ulkig, sagte sie, ziemlich unerträglich, eine reine Nervensäge, aber sehr ulkig.

Ich will, daß du nach deinem Willen in Frieden auf einer großen Wiese ruhst.

Aber wenn ich an dich denke, selten, nein, oft, dann möchte ich dich nicht wiedersehen.

Und dann, Laura Marie
wirst du dich erinnern
wir lagen im Dunkeln
und deine kleinen Geheimnisse kamen herüber
tuschelten sich in mein Gedächtnis
statt zu schlafen lachten wir
sangen Selbsterfundnes und erklärten uns
deine und meine Welt
daß eins die des andern verstand
du wirst sagen, sie war niemals wütend
sie war lustig
sie hat mir fast immer zugehört
sie hat mich nie verraten
Sag das
und dann sag: merkwürdig
daß sie meine Großmutter war
wir sind uns so ähnlich
ach, Laura Marie, nie wütend, immer lustig
ganz offnes Ohr, voll von Liebe
wer außer dir hat dieses Bild von mir

Jeden Augenblick noch einmal

So habe ich geantwortet, als ich gefragt wurde, aber ziemlich bald habe ich gemerkt, daß ich diese Antwort selber nicht glaube. Ich sehe mein Leben bis hierher nicht als eine Abfolge von Annehmlichkeiten.

Aber es war selten langweilig.

Oft bin ich an für mich ungutem Ort zu lange geblieben. Oder hätte anderswo gar nicht erst hingehen sollen, weil man mich nur zur Wiederholung von längst Gewußtem brauchte, was die Sache nicht interessanter machte, oder auch als eine der Stopfgänse, damit die zu geringe Prozentzahl der Anwesenden höheren Ortes keinen Anstoß erregte.

Es ging mir manchmal auch nicht besonders gut, weil ich mich sicher fühlte und dabei übersah, daß ich nur gerade nützlich war oder jemandem gefiel. Sobald ich aufmüpfig wurde, wurde mir der Boden unter den Füßen entzogen.

Diese Lehren kamen zweimal zu häufig, aber sie waren nötig. Jeder Mensch muß erfahren, daß schöne Worte unterm Abendstern das eine sind, verlassen werden und dumm dastehen ein anderes. Selbst Verrat möchte ich nicht aus meinem Leben streichen, und keine Narbe davon. Solche Vorgänge räumen auch Kitsch aus dem Kopf und Illusionen über die eigene Beliebtheit.

Ich habe mir zähe Ideale angewöhnt und erhalten neben einer Portion feiger Bereitschaft zur Anpassung, gegen die es ein Leben lang zu kämpfen gilt. Aber ich will Liebe haben und Liebe geben, Respekt finden und mich an ihn gewöhnen dürfen. Wer das ganz normal findet, ist wohl mit einem besonderen goldenen Löffel im Mund geboren worden.

Es gibt Wahlverwandtschaft als äußerste mögliche Nähe, und der Zusammenhalt in der eigenen Familie darf von niemandem angetastet werden.

Wer Armut kennt, lernt, sich vor Schulden zu bewahren. Das ist möglich. Glücklich, wer sich im reiferen Alter vor schlaflosen Nächten schützt, indem er sich nicht reinlegen läßt oder seine Wünsche nur nach seinen Möglichkeiten erfüllt.

Daß Liebe auf lange Dauer möglich ist, habe ich angezweifelt und weiß es nun besser. Sie beginnt damit, daß man sie für möglich hält und das Vertrauen in sich selber zuläßt. Die dauerhafte Liebe verträgt auch, daß man es nötig findet, etwas für sich allein zu tragen, weil es der Offenbarung nicht bedarf und sorgfältig eingerichtete Ordnung zerstören würde.

Aber schmutzige Geheimnisse voreinander duldet die Liebe nicht, weil die Angst des Heimlichtuers vor Aufdeckung keine Ruhe in die Liebe kommen läßt.

Ein trügerischer Gedanke am Anfang lockt: Da ich dich liebe, verschmelze ich mit dir, wie schön, dich zu riechen, zu schmecken, anzufassen, ich höre dir gern zu, denn deine Stimme ist mir angenehm, und Streit mit dir tut sterbensweh – aber ich würde in Sturm und Schnee auf einsamer Landstraße auf dich warten, weil ich dir absolut vertraue. Ehe ich erfroren bin, kämst du, mein Ritter, und würdest mich retten. Du kennst mich wie niemand, wir kennen uns wie niemanden. Nun ja, durch Arbeit eine Woche lang nur auf schmalem Duzfuß miteinander, dann fange ich trotz der vielen Telefonate und Nachrichten über das Handy wieder an zu zweifeln, sehe dich in Zwielicht und denke, daß ich wenig von dir weiß. Wenn ich mich trösten kann, dann damit, daß auch du nicht weißt, wie es mir „da draußen" ergangen ist und warum wir fremdeln, weil dein Alltag und meiner zwischen uns liegt, und die Vereinigung zweier Apfelhälften bleibt ewig ein Traum.

So ist das Leben, kann man denken, oder vielleicht passen wir ja doch nicht so gut zusammen, wenn es wegen zu weicher Spaghettis so einen Aufstand gibt.

Du verstehst, daß ich dich liebe, und glaubst es mir

inzwischen sogar. Seit ich dich liebe und du es mir glaubst, würdest du verstehen, daß dich viele, vielleicht alle Frauen lieben, denn ich gebe dir Beweise dafür, daß du begehrenswert bist.

Du gehörst mir, ich gehöre dir. Das muß so sein. Jedenfalls ist das meine Art, ganz oder gar nicht. Deswegen ziehe ich für dich dein Lieblingshemd an, es ist mir viel zu groß und ich sehe sehr sexy aus. So laufe ich vor dir herum. Du wolltest zwar ausgerechnet dieses Hemd morgen für einen nüchternen Vorgang parat haben, ein bißchen Aberglauben steckt auch dahinter. Du meinst, es macht dich sicherer, stärker, und du und dein Hemd, ihr habt zusammen schon mal Erfolg gehabt. Aber das hast du jetzt nicht mehr nötig, jetzt wirst du geliebt, das reicht für ein neues Selbstbewußtsein.

Das Hemd wird später zerknüllt vor eurem Bett liegen, auch gut, wenigstens zunächst.

Wenn du verstehst, daß sie dich liebt, dann wird sie auch darauf bestehen, daß du ihre Art zu lieben entzükkend findest. Sie wühlt in deinem Handy, um gut genug für dich über alles informiert zu sein. Erst das Hemd, später der Pullover, ein von ihr geöffneter Brief, ein Zwanziger aus deiner Brieftasche, und Kleingeld klimpert immer so schön in deiner Hosentasche, gut für Fahrgeld. Ach, den Wein, den hat sie mitgenommen, weil doch ihre Freundin kommt und sie hat vergessen, welchen zu kaufen.

Wie vertrauensvoll, wie intim, es zeugt von wachsender Zusammengehörigkeit.

Und geht eigentlich nicht. Du greifst ihr nicht in ihre Geldbörse, wühlst nicht in ihrer Handtasche und hast dort auch nichts zu suchen. Du bedienst dich auch nicht ungefragt zum Mitnehmen aus ihrem Kühlschrank – und du sprichst nicht mit Bekannten über das Innenleben dieser Liebe, und schon gar nicht, wenn es Probleme gibt.

Man hat nicht einzudringen, wenn man nicht erwartet wird, nicht ins Badezimmer und nicht in die Toilette. Wir sind keine Kinder mehr, und ohne Distanz ist kein Weg zur Nähe möglich.

Die Liebe verträgt nicht, daß wir uns zu nahetreten, in einer Art nicht angebrachter Unbefangenheit, die eins von beiden als Mangel an Scham aus der früheren Familie mitgeschleppt hat. Es ist ein Zuwenig und ein Zuviel gleichzeitig. Zuwenig Respekt, zuviel an Übertretung.

Das Übermaß der herrlichen und gräßlichen Gefühle ist auf die Dauer nicht auszuhalten, würde nicht das Leben für Mäßigung sorgen.

Freundschaft ist ein Teil der Liebe, aber die muß wachsen, und nur, wenn sie gelingt, verlieren Erfolge und Niederlagen beim Erzählen ihr übertriebenes Maß.

Das hilft beim Weiterleben.

Inzwischen aber können viele Menschen mit ihrem Computer besser umgehen als mit ihrem größten Gefühl, einem menschlichen, das ihnen und ihren geschickter kletternden Verwandten in fernen Wäldern vorbehalten ist. Liebe kann beitragen zum Glück, sie kann es begründen, aber es wäre klug, sie nicht schon beim Auftauchen für das Glück zu halten. Gelingt sie, gelingen wir selber besser, auch in anderen Lebensbereichen, sogar solchen, mit denen wir uns vorher schwergetan haben.

Ich bin nicht allein, wir schaffen das: Stärkeren Rückhalt gibt es nicht. Aber ohne mich selber und meinen Anteil an Änderung oder Festigung wird es nicht gehen. Wenn sie gelingt, verändert uns die Liebe, uns selber und diesen einzigartigen anderen Menschen, der sich vielleicht nicht einmal als so außergewöhnlich sieht.

Aber Liebe ist auch möglich als wachsendes umfassendes Unglück, das zwar erklärbar wäre, aber das halten wir zu lange nicht aus. Nicht, solange uns die Kraft zur Veränderung fehlt.

Die hatten wir in der Jugend, auch wenn wir sie nicht immer für das Dringliche genutzt haben. Wir haben sie gehabt. Heute scheint mir oft, daß die nüchternen Hindernisse unzumutbar groß sind, das dämpft Antriebe bis zur Unkenntlichkeit.

Wir hatten damals große Sehnsüchte, wir jungen Mädchen der Nachkriegszeit, wir jungen Frauen während einer Aufbauphase, an der wir uns beteiligen wollten – und beteiligten. Nur hat das in der eigenen Brust die alten Irrtümer über ein Weiberleben nicht kleiner gemacht.

Es sollte einer daherkommen und es uns richten. Wir hatten nur nach dem Gesetz endlich gleiche Rechte, aber unser Bild von dem starken Überwältiger wurde davon lange nicht angetastet. Einer kam, tat sehr männlich, aber das lief auf Unterdrückung, auf einen Vorgesetzten im eigenen Haus und auf totales gegenseitiges Unverständnis hinaus. Der wollte alles richtig machen, aber nach seinen Regeln und dem „Bilzbuch", oder höchstens nach van de Velde, oder vielleicht hatte er in den obszönen Aufzeichnungen der Mutzenbacherin gelesen, die sind aber von einem Mann verfaßt worden, der uns seine Wünsche einfach als Natur unterstellt hat.

Wir hatten nicht einmal ein Wort für das, was uns doch damals romantisch und ängstlich bewegt hat. Die Männer unserer Generation haben kaum gewußt, wie und worauf eine Frau reagiert und wie er es anstellen müßte, ihr Freude zu bereiten. Einer hat mir gestanden, daß er das auch unangebracht fände. Eine Frau ist etwas Höheres, die sollte sich nicht gehenlassen, dann ist sie keine Madonna mehr.

Wie im Bett, so alltäglich, auch im Kreis der Freunde, wo es nur um seine Arbeit ging.

Das Unglück hat uns angeschrien: Tu etwas. Wirf den Tisch um. Hau endlich ab.

Es gab für mich damals, in solcher Lage, viele sachliche Gründe, vorerst auszuharren. Die Familien hätten sich auf seine Seite gestellt, weil er doch gut verdiente. Das Kind und ich hätten keine Unterkunft gefunden. Ich verdiente noch kein Geld, nicht als Hausfrau, nicht als Mutter, nicht als seine Sekretärin. Wenn ich ihn einfach verließe, würde ich bei der Scheidung schuldig gesprochen. So war es dann auch. Wenn er darauf bestanden hätte, wäre ihm aus diesem Grund vielleicht auch das Kind zugesprochen worden. Er liebte mich noch, er hat damit nur gedroht, es mir nicht wirklich angetan.

Nun leben wir in einer anderen Welt. In dieser Hinsicht: in einer, in der eine Frau aufbrechen und ausbrechen kann. Vielleicht wird sie sich ausheilen, sie kann tief durchatmen, das Nötige tun und eines Tages wieder lieben.

Wer liebt, hat Sehnsucht nach Dauer, ohne neue Ängste. Reicht die Kraft noch?

Bis in welche Lebenszeit, sogar bis ins Alter? Wie weit hat sie denn bis hierher gereicht, in dieser kunterbunten Welt, in der alles möglich scheint?

Jeder schmerzende Knochen signalisiert Gefährdung, für den Arbeitsplatz, vielleicht auch für die ersehnte gemeinsame Unendlichkeit. Aber in der Jugend hat doch auch immer irgend etwas wehgetan, und wenn es ein Blick in den Spiegel war. Oder in den unangenehmen Tagen vor den unangenehmen Tagen, die unausweichlich pünktlich eintrafen, sobald man sich etwas Schönes vorgenommen hatte, das an anderem Termin nicht zu haben war. Und erst das zweifelnde getäuschte und täuschende Herz, was haben wir dem nicht an Schmerzen und übermäßigen Anstrengungen zugemutet.

Später werden wir besonnener sein, die Dinge in Ruhe angehen, den Arzt ernst nehmen und uns vor aufwühlenden Irrtümern rechtzeitig schützen.

Wann dieses „später“ sein soll, das allerdings weiß ich auch nicht.

Für mich gab es eine Zeit – sie ist nicht lange her –, da schien mir mein Leben gelaufen. Ich hatte mich ausprobiert, Spreu von Weizen zu trennen gelernt, das half in der Arbeit und in anderen Lebenslagen.

Meine Augen hatten gesehen, was es für meine Augen zu sehen gab. Die hohen Berge, unendlich alt, und ich, ich fühlte mich unwichtig und vergänglich und allzu sterblich im Vergleich zu ihrer dauerhaften Wucht. Ich stand einfach an ihrem Fuß und wollte nichts von ihnen.

Große Wasser, als geliebt gepriesen, können mir auch nur das geben, was ich an ihre Ufer mitbringe. Sie scheinen zu beschwichtigen, der Blick findet Weite, der Atem den Ausgleich zur Stadtluft, und es ist auch schön, übers Watt zu laufen und das Wasser ist wie hinterm Horizont, aber ich brauche das nicht zweimal. Durch ein Fenster auf das bewegte Wasser zu blicken, zu schweigen und darauf zu lauschen, was als vordringliche Empfindung aus den verdrängten Tiefen der Seele auftaucht, Beklemmung wegen Gewesenem, oder Vorfreude auf Kommendes, das reicht mir, nach spätestens einer Woche, deren letzte zwei Tage mir schon sehr lang vorkommen, will ich wieder in mein normales Leben, bedrängend und anfeuernd genug.

Vergeht Zeit, taucht der Rat auf, Firn, Wälder und Seen könnten mal wieder schön anzusehen sein.

Am Fuß eines Berges, in einem schnieken Ort für Wintersport, sah ich auf dem Kriegerdenkmal so viele Namen, daß ich dachte, diese Gemeinde können nur Zugereiste am Leben gehalten haben, denn die gefallenen Gebirgsjäger konnten keine Familie gründen, sie waren so jung und sind vermahlenes Saatgut gewesen. Noch mehr erschrak ich auf dem Friedhof über die vielen Kindergräber. Die hohen Hänge waren sommergrün, nur der Firn leuchtete weiß.

Eine Frau sagte, es sind die Kinder von den einsamen Höfen dort oben. Sie zeigte hinauf. Dort leben die Bergbauern, wenn da im Winter eins krank wurde, konnte der Doktor nicht hin und die Leichen erst im Frühjahr herunter. Jetzt gibt's eine Bergbahn, da ist das Leben dort oben anders.

Es war der Friedhof in Matrei, und von dort habe ich nur den Schrecken über die gefallenen Gebirgsjäger und die gestorbenen Kinder mitgenommen.

Jahre später steckte mir ein jüngerer Mann nach einer Veranstaltung ein gefaltetes Blatt zu. Ich habe den Text erst zu Hause gelesen. Er schrieb mir:

„Im Januar dieses Jahres war ich in Matrei in Tirol. Dort habe ich auf dem Grabkreuz einer jung verstorbenen Frau gelesen:

Bewahr mir ein Erinnern
wie einen Lebenskuß
so bleib ich in der Nähe
auch wenn ich fortgehn muß

Erzähl von mir mit Lachen
so waren wir doch einst
erzähl die tollsten Sachen
auch wenn du nachher weinst

„Darunter stand Ihr Name. Ich wollte, daß Sie das wissen."

So weit fort, so weit westlich, wie ist mein Gedicht dorthin gelangt? Es hat mich berührt, aber ich war auch zufrieden, es selber nicht gesehen zu haben. Vielleicht gab es bei meinem Besuch das Grab noch nicht, aber wie auch immer, meine Augen hatten alles für mich Bestimmte gesehen, meine Ohren genug Lärm und Flüstern gehört, und alle neuen Wörter, die mir häßlich schienen, ebenso wie alle, die ich ulkig fand und selber gelegentlich zu benutzen versuchte.

Es war ein langes Leben, darüber war nicht zu mekkern, und ich hatte meine Stimme nicht geschont. Dafür war mir Lob und Ablehnung zuteil geworden.

Über meine Seele war Erleben der schönsten und der

bedrängenden Art genug gegangen, sie war überfrachtet worden, falsch beladen, manchmal schien sie sich verabschieden zu wollen.

Mir drohte, was ich am wenigsten wollte: daß alles sich unendlich zu wiederholen schien.

Ich hörte mich reden und wußte, das hatte ich schon gesagt. Ich hörte zu und hatte dieselbe Empfindung. Wenn ich die Zeitung las, wollte sich mir jeden Tag die Nötigkeit einer Leserzuschrift aufdrängen, aber Erfahrungen damit hielten mich ab. Es wird nichts bringen, es ändert nichts, und du kennst die Folgen.

Das Fernsehen langweilte mich, ich konnte über die populären Comedys nicht lachen, und die alten Filme hatte ich alle schon gesehen.

Der Verdacht, ich selber wäre auf dem Weg, eine langweilige Person zu werden, lag einerseits nahe. Ich hätte aber auch zugeben können, daß ich mich übernommen hatte. Mir zu wenig Muße einräumte, keine Zeit für mich selber fand, und die braucht es doch für neue Gedanken. Diese Gesellschaft macht Angst, das kann sie, das hat sie gelernt, und ich hatte mich von dieser Angst anstecken lassen.

Mein Mittel dagegen war die Rastlosigkeit, die unausgesetzte Betätigung. Das war gut so, aber es war nicht gut genug für mich. Als ein Jahrzehnt in dieser neuen Gesellschaft hinter mir lag, hatten wir überlebt und durften hoffen, daß es dabei bleibt. Aber leicht war es nicht gewesen. Ich hatte auch in Abgründe geblickt, war mit Verzweiflungen konfrontiert worden, die waren ohne Verschulden der Leute entstanden, und sie haben mir ihre Geschichte nicht einmal mit Hoffnung auf Hilfe erzählt, sondern nur, um mit mir darüber zu reden, manchmal auch, um sich selber reden zu hören.

Es war für mich eine neue Erfahrung, daß ich ohnmächtig war. Obwohl ich doch so geübt darin bin, mir Hilfe auszudenken, Helfer zu rufen, irgend etwas zu tun.

In vielen Fällen konnte ich nichts, gar nichts tun. Ich hatte keine Lehrstelle, konnte kein Auseinanderreißen einer Familie verhindern, ich wußte keinen Arbeitsplatz, konnte das nötige Geld nicht auftreiben, um die Kinderbibliothek oder die Beratungsstelle für Frauen zu retten, ich konnte keiner Behörde in den Arm fallen, und ich mußte begreifen, daß bedrohliche Ankündigungen durch nichts von ihrer Verwirklichung abzuhalten sind.

Anfang der Neunziger hatte ich geschrieben: „Wissen wir doch: Immer schleift der Sieger den Palast des Besiegten und baut auf selbem Grund vom Geld des Besiegten seinen eigenen Palast."

Nun kann ich von meinem Balkon aus sehen, wie der Palast abgerissen wird. Ich könnte sagen, daß viele Bürger alles zur Verhinderung getan haben, von sanfter Belagerung bis zu Demonstrationen und zu Sammlungen von Geld und Unterschriften. Wieviel Zeit hat das gekostet, und wir bringen sie weiter auf, für die Kyritzer Heide und ihre Bewahrung vor Tieffliegern und Bomben, auch gegen die riesige Schweinemast-Anlage, die in die schöne Uckermark gebracht werden soll. Sie wird kommen, denn es werden Arbeitsplätze versprochen, die wiegen schwerer als der gefürchtete Gestank und die Schädigung des Tourismus.

Was sollte noch kommen, bei dieser Erkenntnis eigener Ohnmacht?

Gerade da bot mir das Leben, Zufall oder Schicksal, noch einmal zwei warme Hände. Ich hatte Skrupel, sie zu ergreifen, aber der beiderseitige Nutzen lag auf der Hand.

Nun sitzen wir, vor oder nach Mitternacht, nebeneinander im Auto und haben einen schönen Abend hinter uns. Er war schön, fast immer, ob wenige Leute oder fast zu viele. Jede Veranstaltung ist anders, jede lohnt auf ihre Weise. Wir sagen, daß die Leute wieder Sehnsucht nach sich selber haben, nach ihren Erinnerungen. Sie kommen, trotz Fußball im Fernsehen, trotz Wetter, und sie lachen. Sie lachen, denken mit und wollen anschließend mit mir reden, ein paar Worte mit mir allein. Über ein lange zurückliegendes Ereignis, da war ich also in Gedanken mit dabei, oder ob sie mir eigene Gedichte schicken können, oder wohin wir unbedingt demnächst kommen müssen.

Heute habe ich einer Frau ein Buch geschenkt, sagt Laura, und ich lasse mir ihren Blick auf diese Frau erzählen.

Geht's dir gut?

Sehr gut.

Ich sehe sie von der Seite an. Wie jung sie ist, wie schön. Mein einziger Einwand gegen meine Enkelin ist, daß sie sich zu viele Härchen aus den Augenbrauen reißt. Aber sie wird es nicht unterlassen, nur weil ich das vorsichtig anmerke.

Während der Veranstaltungen darf sie nur selten im Raum bleiben. Aber vorher und nachher sehe ich mit ihren Augen unglaublich vieles ganz frisch und neu. Die Besucher mögen sie, und sie mag die Menschen. Wenn sie sich nicht gerade mit dem ganzen Oberkörper auf ihre Bücher legen, noch die Tasche dazustellen und anfangen, ihr Lebensgeschichten zu erzählen. Sie ist umsichtig, ich kann mit ihr arbeiten, an neuen Projekten ebenso wie durch ihre Fähigkeit, sinnvolle und überflüssige Unternehmungen voneinander zu trennen. Sie kennt mich, durchschaut auch, was ich ihr gerade abnehmen will und doch schlechter bewältige als sie. Niemand geht so streng mit mir um. Manchmal knurren wir uns mitten in der Anstrengung an, aber sie tritt mir nie zu nahe.

Wenn wir so nebeneinander sitzen, schlechte Übernachtung und ebensolches Frühstück mehr fürchtend als die lange Heimfahrt, dann sind wir auch müde, auch überfordert, aber wir kennen Mittel dagegen.

Glaubst du, daß er mich liebhat, wirklich?

Ja, das glaube ich.

Und was wird aus uns, was denkst du?

Ich sage, es wird, was ihr daraus macht. Ihr habt eine Chance. Es scheint Liebe zu sein.

Die kluge Person neben mir, studierte Sozialwissenschaftlerin, hat Arbeitsmethode erworben, sie kann vernünftig vorgehen und an einer Aufgabe bleiben. Was sie will, das schafft sie auch, und nach ein paar aufwendigen Erfahrungen, solchen, die ich schadhaft verursacht habe, hat sie ein sicheres System der Aufbewahrung aller wichtigen Dateien entwickelt.

Wir Ahnen haben uns da ein Verdienst erworben, weil wir sie bei auftretendem Durchhängen und wachsender Lustlosigkeit auf Auswege lenkten. Bei Mathe, zum Beispiel, gibt es keine Tricks, da gibt's nur Nachhilfe, und die muß Spaß machen, sonst möchte der Nachhängende die ganze Schule für immer verlassen.

Es hat geklappt, aber die Erfolge wären vor zwanzig Jahren kaum der Erwähnung wert gewesen. Heute ist das anders, weil jedes Versagen zu folgenreich ist, die Wege zu krumm sind, Sackgassen zu häufig, und die Leerstellen im Lauf des Arbeitslebens sind bedrohlich. Arbeiten kann man nur beim Arbeiten lernen, nicht bei Computerspielen, nicht in der Gruppe, die sich die nächste Party ausdenkt, und nicht durch unablässiges Simsen erschreckend bedeutungsloser Nachrichten.

Ihr und mein Handy klingeln, ich bediene beide, denn zwei Männer wollen wissen, wo wir gerade sind.

Ich sage meinem, er solle ins Bett gehen, ich komme nachher leise hinein und will auch kein Wort mehr reden. „Wie war's?" Darauf gibt es zwei ehrliche Antworten. Entweder: „Sternstunde", oder: „Es lag an mir."

Dann gibt es wieder zwei Möglichkeiten. Laura widerspricht, oder sie sagt nichts. Beides gibt Auskunft.

Wir lassen Rod Stewart singen, ach, das ist schön für die Seele, wenn er fragt, ob sie gehört hat, wie sein Herz gebrochen ist, und je nachdem lassen wir Joe Cocker, die

Ostrocker oder Robbie Williams zu unserer Munterkeit beitragen. Aber während sie jeden Ton trifft, jeden Text kennt und bei den ersten Tönen schon weiß, wer jetzt aus welchem Jahr einen Song anstimmt, komme ich nicht nach. Sie sagt, sie konnte das schon in der Schule und hat jede Wette damit gewonnen.

Manchmal singe ich inzwischen leise wieder mit, bei manchen Liedern sogar lauter. Das war mir ganz verschwunden, über Jahrzehnte.

Der Tag wird kommen, an dem auch sie die Musik bei der Arbeit nicht mehr so laut hören mag. Im Auto stellt sie mir die zu leise, da drehe ich weiter auf. „Wish, you where here ..." Ich habe mir sogar beibringen lassen, was man unter „Hausmusik" versteht, na ja, dieses Dröhnen unterscheidet sich von der Musik vergangener Jahrhunderte erheblich. Aber gut, mehr darüber zu wissen.

Deiner wartet auf uns, sagt sie, und damit hat sie recht. Sie wohnt acht Stockwerke unter uns, aber sie kommt auch spät nachts noch geschlüpft, um sich entweder mexikanische Hühnersuppe einzuverleiben oder eine andere Köstlichkeit.

Wir frühstücken meist zusammen, und manchmal sitzen wir bei warmer Mahlzeit an unserem Tisch, welch schöne Gelegenheit, über alles zu reden oder zu schweigen, wenn uns der Herr Karpfen mit Blaukraut, Kartoffeln, Meerrettich und brauner Butter auftragen wird. Da liegt Arbeit hinter ihm und uns, und vieles, was wir zu erzählen suchen, wenn er nicht unterwegs mit war.

Wir sagen, daß wir uns auf die nächste Tour freuen. Das stimmt, zu meinem Erstaunen stimmt das.

Der Kalender ist gefüllt, das Kind eine gute Autofahrerin, und eigentlich reicht, was wir tun. Aber ihr reicht es noch nicht. Da muß doch mehr möglich sein. Was?

Sie duldet mich beim Klamottenkauf, was ja, besonders beim Erwerb von Hosen für die junge Dame, äußerst strapazierend ist. Ich sehe nicht, daß das erste

Modell am Hintern Falten schlägt, aber sie sieht es, und ab da kann es dauern. Die andere Hose sieht eigentlich genauso aus, aber die ist ja auch erst recht unmöglich. Mir gefällt, wie die Kundin und die junge Verkäuferin miteinander reden. Wer soll denn das tragen, wenn nicht du, sagt die Verkäuferin, bringt aber noch fünf andere Modelle an. Findest du, die sitzt? fragt Laura, und die schwesterliche andere Frau sagt: Nee, eher Scheiße, die kannste nicht nehmen.

Laura kennt sich aus, sie hat als Studentin in so einem Laden gejobbt und kennt das Mobbing von der Chefetage. Vielleicht deswegen wird sie nie unfreundlich zu den Frauen, die bei schädigend lauter Musik den ganzen Tag in solch einem Laden stehen und es überwiegend mit Kundinnen zu tun haben, die immer glauben, sie seien durch die neue Kleidung zu dick und iiihhh, wie sieht denn das aus, und dann kaufen sie gar nichts und gehen unzufrieden mit ihrem ganzen Leben und sofort das Handy bedienend wieder aus dem Laden.

Ich darf vor die Kabine, und ich verkneife mir jedes Kompliment, bis ich sage: die ist es, und dann ist es die auch, da sind wir uns alle drei einig, kleiner Kampf an der Kasse, noch gewinne ich den meist, dann gehen wir einen Milchkaffee trinken und ich freue mich an der Freude dieser unverwöhnten Person, die meist kriegt, was sie möchte, und trotzdem nie glaubt, daß ihr das selbstverständlich zusteht.

Sie hilft uns ins Alter. Sie hilft ihrem Großvater, seit er nur noch schlecht lesen und das Auto nicht mehr fahren kann.

Sie ist einfach da, am Krankenbett, am Schreibtisch, wenn es um die Umsatzsteuer geht oder um die Autodurchsicht. Eine einzige leise Bemerkung ins Schaufenster bei Swarowski hinein, lange wieder vergessen, da liegen die Ohrringe unter den Weihnachtsgeschenken.

Wir sind dabei, unser erstes gemeinsames Buch zu schreiben. Was sollte uns hindern? Wir schreiben uns, wie wir das Leben, die Kultur, die Kunst und die Sitten und Gebräuche der Neuzeit finden. Da kommen unterschiedliche und gemeinsame Sichten heraus.

Laura hat mir an einer wichtigen Stelle meines Lebens, als meine Kraft geringer wurde und seine reichte kaum für ihn selber, noch einmal die Lust am Machen bestärkt und erfrischt. Jetzt grade, habe ich gedacht, und versucht, in der Nacht zu schlafen und am Tag zu arbeiten. Mir also das Gewöhnliche wieder anzugewöhnen. Ich wollte noch einmal brauchbar sein, um gebraucht zu werden.

Aber ich bin nicht ihre Mutter, ich bin ihre Großmutter. So freundschaftlich wir sind, ich bin nicht ihre Freundin. Wir werden sie zurücklassen müssen, in der Hoffnung, daß wir einander in den langen Jahren der Verbundenheit gut genug für das Gehen und das Bleiben ausgestattet haben.

Schwestern, ich weiß nicht genau, wie es mir passieren konnte, daß mich manchmal der Gedanke überkam: Eigentlich war's das. Und es war nicht nur ein Gedanke, er bewegte sich in Richtung eines Wunsches. Es war, als wollten die Schuhe ausgezogen und in die Ecke gepfeffert werden. Als wollte ich nicht mehr hören, wie schlecht es jemandem geht und nicht mehr spüren, wie wenig ich mich verpflichtet fühle, die Grabrede zu halten, den Antrag aufzusetzen, die Gedichte einer anderen Frau vorsichtig vorsichtig dem Anfang der Mühe auszusetzen oder in die Nähe des Papierkorbes zu bringen. Manchmal ging ich am läutenden Telefon vorbei, und wenn es an der Tür klingelte, dann bekam ich einen Schreck, obwohl ich doch weiß, daß seit langem niemand mehr unangemeldet zu uns Einsiedlerkrebsen kommt.

Ich hatte Angst um ihn und seine brüchige Gesundheit. Diese Angst lähmte mich. Er war eine Zeitlang nicht mehr witzig, sarkastisch, besonnen, einmalig. Das Alter erlegte ihm Einbußen auf, damit suchte er fertig zu werden und wollte die Beschwernis nicht mit mir teilen. Er zog sich in die Welt seiner Gedanken zurück, und es schien, als fände ich nicht die Zeit, diese zu suchen.

Aber so geht das in der Liebe nicht. Ich habe ihm mehr zu danken, als in einem einzigen Leben abzutragen ist. Ich wollte ihn wiederhaben, und ich bemerkte, daß man da allem seine Zeit und jedem seine Arbeit lassen muß. Ihm selber, den Ärzten, und ein anderer Teil kam mir zu.

Das Wort: „Laß dich nicht gehen“ verließ die Dimension einer Bitte und nahm auf einmal einen bedrohlichen anderen Sinn an, vor dem ich erschrak. Es klang wie Fortgehen, laß dich nicht fortgehen, nicht für immer davon.

Aus Angst machte ich Fehler. „Laß, ich mach das“, ist ein anderer Satz, der aus dem Bedürfnis nach Beistand kommt. Es ist aber ein gefährliches Wort. Kann sich einnisten, aufdringlich werden, unwirsch zurückgewiesen werden oder zu selbstverständlich angenommen.

Ich wollte ihn wiederhaben, ohne selber zur Krücke zu werden.

Hilfe konnte nur sein, daß jeder von uns sich mit manchem abfand und anderes nicht zuließ, einfach nicht zuließ. Die Wörter und die Worte wollten gefunden werden, und wurden gefunden, der zu eng gewordene Raum mußte geöffnet werden.

Ich nehme nicht hin, daß ich für etwas zu alt sein sollte. Die Signale ernstnehmen, aber nicht jeden Augenblick nach ihnen leben. Manchmal bin ich müde, aber ich sehne mich noch nach fast allem, wonach ich mich je gesehnt habe, und bedauere sogar, daß ich nur noch aus Freude weinen kann. Aber das hat mit anderem zu tun, mit einer Zeit. Da wollte meine Tochter vor mir gehen. Seither hat sie drei Bücher geschrieben, und auch sie nimmt Einschränkungen hin und lebt.

Das war es? Das Leben? Nun ist nur noch Alter und sonst gar nichts mehr? Nein, das war es noch nicht. Es flog mich an, nachzugeben, aber mir paßten die Bedingungen nicht, die ich mir selber stellte. Dann kauf auch kein Buch mehr.

Denkste!!! Dann lebe altersgerecht!!! Mit Stützstrümpfen, Mittagsschlaf und einer Aura von weißich und kennichalles? Das ist mir fremd. Na, dann …

Zu Weihnachten habe ich von Lauras Freund eine Seal-CD geschenkt bekommen. Die reine Erotik, wunderbare Arrangements, schöne Balladen. Heimwärts von der Tour denke ich: Wenn wir das nicht hätten, diese Vorfreude auf das eigene Bett und darauf, erleichtert erwartet zu werden, und sei es um drei Uhr nachts, dann könnten wir nicht, ein jedes auf seine Weise, immer wieder an unsere Grenzen gehen. Es ist, wieder neu erfahren, ein ziemlich weites Land bis dorthin, weiter, als die Anflüge von Erschöpfung signalisieren wollen.

Wegen ihrer Allergien habe ich der kleinen Laura einstmals den bösen Rudi erfunden. Der war eindrucksvoller als jeder Juckreiz. Immer habe ich ihr versprochen, daß sie eines Tages einem Rudi begegnen würde.

Nun liebt sie einen, der hat ihr eher verschämt gestanden, sein zweiter Vorname sei Rudolf. Sie erzählt, sie habe es nicht glauben können. Rudi? Du heißt wirklich Rudi?

Er meinte, dafür könne er ja nicht, aber sie flog ihm um den Hals.

Es geht mir gut.

Mißtrauisch diesem Begriff gegenüber versuche ich es trotzdem: Ich bin nun alt. Das ist eine schöne Zeit, kein Grund, Angst vor ihr zu haben.

Natürlich bin ich durch die täglichen weltweiten Geschehnisse äußerst beunruhigt, schlafe schlecht, mäkele an mir herum und lasse mich von der Zeitung ärgern, die ich trotzdem nicht wechsle. Eine abonnierte Zeitung ist etwas sehr Persönliches, man muß sich in ihr auskennen, ihre Autoren glaubhaft finden oder beschimpfen, ich jedenfalls möchte immer wissen, wo ich welche Rubriken erwarten kann – und den Spielraum ihrer Glaubwürdigkeit, den kann ich nur durch Vergleich und Erfahrung erwerben.

Es ist bei uns, bei heruntergelassener oder hochgezogener Zugbrücke, alles wie bei anderen Leuten auch. Mehr muß nicht sein. Ich bin ziemlich glücklich.

Sterben müssen wir alle
hinunter ins dunkele Fach
bloß, daß ich nicht gar so früh falle
und zuletzt noch mal über mich lach

daß ich dich noch einmal umarmen kann
ich hoff, du bist dann noch mein Mann
sieh mich noch einmal wie heute an
und laß mich nicht einsam vondann'

sterben müssen wir alle
noch tiefer hinab als der Schnee
bedenk, daß ich keinen Hauch früher
als es sein muß, und gern etwa geh

sterben müssen wir alle
ein jeder, so gut er's vermag
man stirbt, wie man vorher gelebt hat
die Nacht wird wie vorher der Tag

wer zu klein gelebt hat, geht hinterher
in kein Lied, in kein Leben ein
wie gern doch ein jedes unsterblich wär'
und anderen will man es sein

sterben müssen wir alle
hinunter ins dunkele Fach
ich möchte gern vorher so leben
daß ich meinem Tod viel Arbeit mach

Aus dem frühen Leben

Manche Menschen erleben ziemlich wenig, sagen sie, außer Ärger. Andere jagen von einer Sensation zur anderen, reißen sich gern unbeliebte Mühen unter den Nagel, latschen in die nächste Falle, treten in Hundehaufen oder Fettnäpfe und denken manchmal, daß sie doch ein ausgefülltes Leben haben.

Jede Katze hat ihre Klugheit und jeder Mensch seine Dummheiten. Und seine Eitelkeiten auch, die zeigen sich, wenn man ihn auffordert, sich an etwas zu beteiligen, was als neu und großartig ausgegeben wird.

So erging es mir, als ich Mitte Dreißig war, voller Tatendrang und mich beteiligen sollte an einer kulturellen Großtat. Heute würde ich den Hörer auflegen und das Angebot vergessen. Soviel zu der Frage, ob der Mensch unterwegs ins Alter etwas lernt. Es war Anfang der sechziger Jahre, da kam von oben eine Weisung in das Rundfunkhaus der DDR, es habe eine Aktion organisiert zu werden, die solle der Belebung des politischen Liedschaffens dienen, und mit den richtigen Künstlern könne aus der Sonderaktion Tradition werden.

Dem konnte sich beim Rundfunk niemand widersetzen, aber zu Tradition kam es nicht, denn wie wir hineinkamen, mühelos, so wurden wir auch wieder entfernt: durch Weisung von oben. Aber erst ging's los.

An jedem Mittwoch schlenderten Persönlichkeiten des künstlerischen Lebens mit ihrem Passierschein an den Kontrollen vorbei in das große Funkhaus in der Nalepastraße. Pünktlich um vierzehn Uhr, denn da tikkerten die letzten Meldungen über den Zustand der Welt auf internen Wegen ein. Die wurden sortiert, in Übel von rechts und Herrlichkeiten von links, dann an uns als Material auf losem Blatt übergeben.

Neben dem großen Dichter Peter Hacks und dem großen Dichter Heinz Kahlau war noch der große Dichter Jens Gerlach dabei, und als Komponisten André Asriel, mit dem Hacks dann am legendäre „Frieden“ im legendären Deutschen Theater gearbeitet hat, Siegfried Matthus, der später lieber große Opern schrieb und sehr berühmt geworden ist, außerdem Wolfgang Lesser und Rolf Kuhl, der erst fleißig Soldatenlieder schrieb und dann die Schuhe schnürte, um vom Westen aus ein Opfer zu sein.

Aus den Nachrichten sollten wir erschütternde oder aufrüttelnde, jedenfalls mitreißende Lieder formen, eins oder zwei pro Nachmittag.

In meinem Gedächtnis ist der eigene Anteil ins Leere gesunken, oder er hat Fülle begründet, denn später habe ich viele Lieder geschrieben.

Ich vermute, daß außer dem peniblen Hacks auch keiner von den anderen einen Beitrag von damals aufgehoben hat.

Erinnern kann ich mich daran, daß ich in einem Chanson die Amerikaner anklagte, Charly Chaplin so schlecht zu behandeln, daß er, und das war ein Weltskandal, die USA verließ.

Da ich weiter nichts darüber wußte, sah ich vor meinem geistigen Auge einen armen und verzweifelten alten Mann, so bedürftig aus Amerika fliehen, wie das Land einst die Aussiedler aus Europa betreten haben sollen.

Ich war sehr gerührt über meine Gefühle. Es könnte auch sein, daß ich Chaplin in meinem Lied vorgeschlagen habe, er solle doch zu uns kommen. In dieses „bessere Land“, so nannten zwei Dichter eine Anthologie, an deren Titel sie später auch nicht mehr gern erinnert werden wollten.

Es gibt noch eine unbehagliche Erinnerung: In Harrisburg waren Strahlen aus einem Atomkraftwerk ausgetreten, und ich machte mich poetisch über die Schuld der Amerikaner her, eine, die ihresgleichen nach meinem damaligen Wissen auf der Welt noch nicht hatte.

Es war lange vor Tschernobyl.

In Erinnerung ist mir auch noch eine Zeile von Hacks: „Venceremos, das zweite Drittel/ der befreiten Welt ist da …" schien zu stimmen, damals.

Es war die Zeit vor der Niederlage in Griechenland, vor dem Sieg in Portugal, lange vor dem blutigen Umsturz in Chile. Alles war in Veränderung begriffen, aber wir hatten keine Zeit, über Fakten und Ansichten miteinander zu reden, wir schrieben los, so gut es ein jeder vermochte.

Das Medium Rundfunk hatte die Weisung, unsere Kunstwerke noch am selben Tag, ab 22 Uhr und bis zum folgenden Montag, in jede musikalische Sendung zu bringen, unabhängig von deren Charakter und Zuhörern.

Mein späterer Mann war damals musikalischer Leiter der Rundfunksender in der DDR. Er hatte mit der Erfindung dieses Falles von Aktionismus nichts zu tun gehabt, sollte deren Produktionen aber nun leidenschaftlich fördern.

Sie haben uns alle gehaßt und zum Teufel gewünscht. Die Redakteure waren die Fachleute, sie wußten, welche Beschwerden von den Hörern kommen würden, und sie kamen auch prompt. Mitten in einen Abend zum Schmusen und Tanzen platzte da ein politischer Song, der die Hörer zum Knopf greifen ließ.

Niemand wollte diese Lieder singen, und niemand wollte sie hören. Da es keinen Erfolg gab, mußte es durch die Schuld der Künstler ein Mißerfolg sein. Der blieb den Auftraggebern nicht verborgen, und so einfach, wie wir bestellt worden waren, wurden wir wieder abbestellt.

Der Chef für Musik hatte ein Bild von mir, das ich erst viel später korrigieren konnte. Er nannte mich im Kreis seiner aufgebrachten Kollegen „dieses rote Flintenweib" und daß ich ihnen gerade noch gefehlt habe.

Wir waren uns da noch nie begegnet. Ich war auch

noch nicht bekannt. Im kleinen versunkenen Land war es aber ziemlich leicht, bekannt zu werden. War man es, blieb man es auch, zunehmend berühmt und immer wieder auch mal berüchtigt. Man flog leicht aus der Öffentlichkeit, kam aber nach Schamfrist auch wieder in diese hinein.

Wir fühlten uns noch jung, mischten uns ein, fielen auf. Gelegentlich, wie bei der Förderung der Liedermacher, umstritten, einigen angenehm, anderen unbequem.

Für ein Mittendrin war ich eigentlich schon zu alt, das ließen mich die schönen Sechzehnjährigen auch gelegentlich spitzzüngig wissen, während sie meine Wohnung belagerten, sobald sie Kummer hatten. Das war schon in Ordnung, aber die Erkenntnis reifte, daß ich mich ans Eigene zu machen hatte. Es war gut, solange es dauerte, und war eine Lehrzeit. Ich lernte, was ein Lied ist, woran es scheitern kann, ich lernte, was ich seither nun über Jahrzehnte brauchen kann.

Ich wurde ein bißchen kundiger, war aber immer noch die gute Bürgerin unter der Käseglocke, eine partiell dumme Gans, die gelegentlich als unentbehrliche Persönlichkeit eingesetzt wurde in ausschließlich ehrenamtliche Funktionen. Es gab deren viele, in denen man alles sagen und wenig bewirken konnte, und in denen wurde ich Expertin.

Dann war ich über Fünfzig, näherte mich der Altersweisheit, und eines Nachmittags im historisch bedeutenden Jahr neunundachtzig bekam ich den verabredeten Besuch einer Mitarbeiterin des Kulturministeriums der DDR.

Wem sie beigeordnet oder unterstellt war, weiß ich nicht mehr oder habe es auch gleich nicht gewußt. Diese Schwäche ist erwähnenswert, denn dadurch habe ich manchmal wortreich losgelegt und jemandem etwas ausgebreitet, der mir das Gegenteil einzureden gekommen war. Also lernte ich, erst einmal zuzuhören.

So auch immerhin bei dem Besuch jener angenehm weiblichen Person, die ohne Phrasen redete, ohne gestanzte Sprüche.

Wir schwatzten Weiberkram, lobten, was die andere an jenem Tag trug, aber deswegen war sie nicht gekommen. Sie fragte mich, ob ich wohl Lust und Zeit hätte, für ein paar Tage nach Bonn zu reisen. Der Anlaß wäre ein Treffen bedeutender Persönlichkeiten zwecks Austauschs unterschiedlicher oder auch übereinstimmender Meinungen über das Leben, beide Staaten, also Deutschland hier und Deutschland dort, oder auch ganz woanders, sowie moderne Pädagogik im Vergleich, auch wegen der nächsten Generation, es stünden ja Lösungen für die ganze Welt an, viel anliegende sowie auch fernerhin denkbare Probleme wären zu bereden.

Wollten wir für Jahre bleiben? Nein, für vier Tage.

Die Wörter Arbeitslosigkeit, Rentenproblematik, Altenschwemme, Pisa-Studie, Rückbau von Neubau, Wahlkampf etc. kamen in unserem Dialog nicht vor, sie schlummerten noch hinter den sieben Bergen und wurden dort als Waffe ausgebildet.

Aber wir sprachen über eine nette Reise in mir fremde Kreise, und mein Mann könne auch fahren, sofern wir für alles selber sorgen. Kein Geld, kein Quartier, aber zuhören darf er.

Da der Tag der Anreise in Bonn ziemlich nahe lag, konnte ich mir vorstellen, daß bereits mehrere bedeutende Persönlichkeiten der DDR was Besseres vorgehabt und einfach abgewinkt hatten, weil sie ihre Erfahrungen mit solchem Austausch unterschiedlicher Meinung als ausreichend ansahen.

Für mich galt das nicht. Ich hatte dergleichen nur einmal erlebt, bei der ersten internationalen Kulturkonferenz in Potsdam, ein Jahr zuvor. Deren Präsidentin war ich geworden, weil kein anderer dieses Amt übernehmen wollte. Die Vergeblichkeit der Unternehmung muß ihnen in Balkengröße als Schrift vor Augen gestanden haben, aber das wurde mir liebevoll erst später gesagt.

Außerdem war es kurz vor Weihnachten und Sauwetter, in den hiesigen Zeitungen wurde nicht einmal unser kompromißreicher, so sorgfältig erwogener Aufruf veröffentlicht, dem der tibetanische Mönch ebenso zustimmen konnte wie die schöne japanische Schauspielerin aus dem Film „Moskau, meine Liebe". Vielleicht ist es so, daß gar nichts dabei herauskam und die hiesigen Journalisten bereits mit größeren geschichtlichen Veränderungen beschäftigt waren, aber ich lernte Malangatana kennen, der aussah wie ein lebender Gummiball und als der größte Maler Afrikas galt. Er zeichnete für mich ein Bild, das mir in der Mittagspause bereits jemand klaute, da wußte ich noch nichts von seiner Berühmtheit, was auch nicht für mich spricht. Wole Soynka kam müde vom Empfang des Nobelpreises für Literatur aus Stockholm. Erst später las ich seine Bücher.

Ich kann auch Robert McLaren nicht vergessen, der im Kampf gegen die Apartheid in Südafrika im Gefängnis war, eine lange weiße Bohnenstange und was für ein mutiger Mann. Wie klug der sprach, und am Abend tanzte er mit Malangatana alte Tänze der Schwarzen, und wir schnieften vor Ergriffenheit.

Das Ereignis war folgenlos, aber schön war es auch.

Und könnte es ja nun abermals werden. Vielleicht nicht ganz folgenlos, und trotzdem schön.

Meine liebenswürdige Besucherin meinte, Fürst Bismarck würde teilnehmen und auch Karl-Heinz Böhm. Sollte es mir vergönnt sein, Franz Josef, den edlen, schönen, einmal aus der Nähe zu sehen? Ich verehrte ihn nicht nur für sein karitatives Alterswerk in Äthiopien, sondern auch, weil ich sein verlogenes Filmbild neben dem ebensolchen von Romy Schneider hinreißend fand. Kitsch ist im Leben ebenso wichtig wie die gelegentliche Tasse Kamillentee. So schön, so ernst, so edel, dachte ich. Der ist auch im Leben nicht anders, denn so verstellen kann sich nicht einmal ein Schauspieler. Die mir angebotene Reise würde sehr wahrscheinlich sehr schön. Zumal auch Heinrich Fink anwesend sein würde, ein guter Freund, und ein gewisser Portugalow, wer immer das sein mochte, außerdem Hartmut von Hentig, der Pädagogik-Papst der Bundesrepublik, und Dorothee Sölle ...

Kannst du, hast du Lust?

Ich konnte, und ein Freund aus Thüringen würde sich die Gelegenheit auch nicht entgehen lassen, mit meinem Mann in der Nähe Quartier zu nehmen.

Die logierten besser als wir, wie sich dann herausstellte, und es gefiel mir durchaus, als meine liebe Einladerin und ich zu einem kleinen Festessen vom Freund ins Steigenberger Hotel eingeladen wurden, wo die Kellner bei jedem Gang synchron die Silberdeckel von den Tellern rissen.

Aber noch war ich nicht dort. Noch war ich nicht mit Weltproblemen beschäftigt, sondern dachte mir den Inhalt von zwei Koffern aus, heilfroh, daß ich mir wegen meines neuesten Ehrenamtes ein paar Kleider hatte machen lassen. Man kommt ja mit solchem Posten rum, auch wenn man nix dafür kriegt.

Sie holte mich aus diesen durchaus angenehmen Gedanken: „Es war gar nicht so leicht, dich da reinzukriegen."

Ein Hauch Vorwurf schwang mit, als habe sie meine mögliche Teilnahme erkämpft und sei dadurch in Unannehmlichkeiten geraten. Ich konnte mir das vorstellen. Als Einspringerin war ich nicht ungeübt. Man hatte mich schon einmal in eine Jury geholt, weil achtzehn dunkel gekleidete Herren ein tristes Fernsehbild ergaben. Einer hatte mir das rechtzeitig gesteckt, und ich rächte mich, indem ich auch schwarz gekleidet erschien.

Ich sagte „Aha", nicht mal besonders neugierig.

Sie sagte: „Du liest die Weißenseer Blätter."

Ich guckte sie eine Weile verständnislos an. Ja, ich las die Weißenseer Blätter und besonders jede Zeile von deren Spiritus Rector, dem Professor Hanfried Müller. Ich hatte mir den zum Thema „klarer Gedankengang“ unter meine Lehrer gereiht.

Gab es einen neuen Kampf mit der Kirche, gar mit deren linkem lutherischen Flügel? Das bescheiden geheftete Druckerzeugnis konnte man regelmäßig beziehen. Hatte ich was nicht mitgekriegt?

Ich las die Weißenseer Blätter. Und Goethe, Hacks, Krimis, Klemperer, das „Neue Deutschland“, noch gläubig den „Spiegel“, ich las seit meiner Kindheit alles Geschriebene und Gedruckte, ob im Gehen, im Stehen oder im Liegen. Wir liehen uns früher und leihen uns heute den Lesestoff – das haben wir bei den Weißenseer Blättern auch gemacht, die gingen ebenso von Hand zu Hand. Ich las die nicht von vorn bis hinten, das tat mein Mann, aber ich las darin, was er mir empfahl.

Es gibt auch vieles, was ich sehr unbedingt niemals hätte lesen müssen, aber ich fragte mich, wer sich mit der Auswahl meines Lesestoffes zu befassen hatte und welcher Grad an Zivilcourage für die Frau neben mir nötig war, mir diesen Vorbehalt gegen mich hinter vorgehaltener Hand mitzuteilen. Welch ein ärgerlicher Eingriff in unser Leben.

Der Tisch im Hotelsaal in Bonn war viereckig und riesig, neben seinen Seiten blieb genügend Platz für interessierte Zuhörer, die natürlich während der offiziellen Diskussion den Mund zu halten hatten. Wir redeten und redeten, und zu Hause rannten über Prag und Ungarn die Menschen weg.

Als Heinrich Fink mich ihr vorstellte, sagte Frau Hamm-Brücher: „Wie sind Sie denn hierhergekommen? Ich denke, drüben ist alles zu, und keiner darf raus.“

Ich ging und dachte, jetzt hat die auch schon den Verstand verloren.

Dann hielt ich wirklich die Hand von Karl-Heinz Böhm in der meinen. Er war noch genauso schön wie als Franz Josef. Und schön war auch der Moment. Er ist ein gütiger Mensch, es ist leicht, sich ihm nahe zu fühlen. Ich machte ihm Komplimente. Er mir auch, aber da merkte ich, daß er mich für die Schriftstellerin Christine Brückner hielt.

Die einzelnen Teilnehmer erwiesen sich sowohl als gebildete als auch eher vorurteilsfreie Menschen. Unter ihnen war kein Eiferer, keiner, der sowieso alles besser wußte.

Und dennoch, rings um den Tisch sprachen Menschen aus zwei Welten. Diese waren nicht immer an den Wohnorten auszumachen, wohl aber an der Wortwahl und dem Zeitaufwand bei Darlegung der eigenen unsicher vorgebrachten oder fundierten Meinung, auch durch die Gelassenheit beim Zuhören, da immer.

Wir Ossis erregten uns, wir waren ständig unruhig, wir versuchten, etwas zu erklären, wenigstens historische Fakten als aktuelle Beobachtung zur Kenntnis zu bringen, aber diese bürgerlich abgesicherten Persönlichkeiten aus dem Westen waren entschlossen, uns einzelnen die Schuld an gar nichts zu geben und nett zu uns zu sein.

Sie wußten wohl damals schon besser als wir, daß man niemanden von der Summe seiner Erfahrungen abbringen kann, wenn es solche sind, die sein Leben geformt haben.

Wir Ostler, das ist aber eher meine nachträgliche Meinung, wirkten auf andere überredend. Auch mir saßen Zeit und Geschichte im Nacken, und als mein Mann mich nach den Gründen für meine Unruhe fragte, sagte ich: „Das Gehöft brennt, und wir lagern im Gras und genießen ein Picknick. Das wäre jetzt nicht dran. Aber warum nicht, das kann ich nicht erklären, denn immerhin sitzen wir hier mit vielen klugen Leuten zusammen und reden über gar nichts, das ist doch auch etwas."

Es war günstiger Zufall, daß Hartmut von Hentig und ich in ein Gespräch kamen. Der tat nicht nur so, er kannte den Osten, hatte Freunde dort und war in lebendigem Gespräch mit Kollegen Pädagogen. Bis zur Abreise und in Briefe hinein haben wir unser Gespräch über die drohende Verrohung und Verarmung der Sprache und die wachsenden Schwierigkeiten der Schüler, etwas so zu erzählen, daß man ahnen kann, worum es geht, weitergeführt. Er zog dann nach Berlin, wo wir uns immer treffen wollten und doch nicht getroffen haben, was ich noch bedauerlicher fand, nachdem ich sein Buch „Die entmutigte Republik" gelesen habe. Es paßte nie, aber diesen noblen Mann habe ich in meinem Herzen behalten. Er war der geistige Gewinn jener Tage in Bonn, und gerade er wäre in schwierigen Tagen später mit seiner Lakonie, seinem durch Wissen untersetzten Gleichmut und seiner inneren Ruhe für das Gespräch nötig und für die Seele ermutigend gewesen. Auch er war nicht mehr jung, und es kann sein, er ist vor seinen Landsleuten nach England geflüchtet, vielleicht sitzt er aber auch friedlich in einem tiefen Ledersessel lesend im Grünen in Irland. Eine verpaßte Freundschaft, wie schade, wie schade.

Einmal fiel ich vor dem Hotel meinem Mann um den Hals, wir hatten uns immerhin seit Stunden nicht gesehen.

Danach ging ich mit meiner Begleiterin in mein Hotelzimmer, räumte Kleider aus dem Koffer und zog mich um. Sie beobachtete mich nachdenklich, dann sagte sie: „Du bist wohl gar nicht lesbisch." Ihre beschwichtigende Handbewegung sollte mir mitteilen, daß sie mich, falls doch, auch nicht sofort erwürgen würde.

„Nein", sagte ich, „aber ich lese die Weißenseer Blätter."

„Man erzählt sich das", meinte sie, aber wer wem, das habe ich nicht erfahren, und es interessierte mich auch nicht, denn für alleinlebende Frauen gab es immer diese und jede andere Fama.

Nicht alle Teilnehmer an dieser merkwürdig anachronistischen Tagung habe ich so nahe erlebt wie den Fürsten Bismarck. Wir fuhren einmal gemeinsam im winzigen rumpelnden, mit Brokat ausgeschlagenen Fahrstühlchen nach oben in dieselbe Etage. So ein Gefährt hatte ich bisher nur einmal gesehen, in Paris, wohin mich die DDR zu einem Pressefest der l'Humanité geschickt hatte, um mir die traumatische Erfahrung zu verpassen, daß mich dort niemand für irgend etwas brauchte und ich mich nach achtstündigem Fußmarsch, in falschen Schuhen an den Sehenswürdigkeiten vorbei, ganz meinem Heimweh hingeben konnte.

Ich wohnte zwei Nächte lang in einem Bordell. Im Zimmer gab es ein riesiges Bett, mitten im Raum ein Bidet und einen Stuhl.

Dort gab es auch so einen Fahrstuhl, und in Erinnerung daran hätte ich in Bonn gern gelacht, aber der hochgewachsene Fürst, in Gedanken versunken, oder vielleicht auch bloß satt und müde, hinderte mich daran.

Beim Einsteigen nickten wir beide mit dem Kopf, er machte die Andeutung einer Verbeugung, dann fragte er mich, ob mich seine Piepe stört. Nein, sagte ich, aber ich weiß nicht einmal, ob sie angezündet war, denn er hat nicht an ihr gesogen, oder gezogen, ich bin Nichtraucherin und weiß nicht, wie man das nennt. Ich sollte zu Hause Dr. Dieter Kraft fragen, der ist Theologe, schreibt auch für die Weißenseer Blätter und raucht Pfeife. Aber diesen Mann kannte ich damals leider noch lange nicht. Viele Leute, die sich damals gebraucht hätten, sind sich nach meinem Wissen zu spät begegnet.

Nun aber, wie gesagt, kannte ich auch einen echten Fürsten.

Mit Portugalow, das war eine andere Sache. Der sprach so gut Deutsch, der hätte die Weißenseer Blätter mühelos lesen können, aber ich weiß nicht, ob er dieses marxistische Blatt streitbarer Christen kannte. Man kennt nicht alles, was man kennen sollte. Ich kannte Portugalow ja auch nicht. Ich weiß nicht einmal, ob er immer denselben Anzug trug oder der jeweilige nur vom selben Schneider stammte, jedenfalls saß er immer perfekt. Die Farbe hätte ich bei einem Verhör nicht benennen können, ich hätte sie gedeckt genannt, oder unauffällig, aber das traf auf den ganzen Mann zu. Er war sehr schlank, sehr glatt, und am Gesicht wäre der Blick auch abgeglitten.

Portugalow sollte Gorbatschows Mann sein, das hörte ich im Vorbeigehen, aber in Berlin hatten sich mir auch schon viele Anhänger von Gorbatschow geoutet, also Glasnost, Perestroika, Wind of Change.

Für Portugalow war es schwierig, einen wichtigtuerischen, klugscheißerischen oder bedrückten Ausdruck zu zeigen, darin glich er dem späteren Putin, aber er tat sein Bestes.

Mit mir redete er gern, schien es. Über das Frühstück, Wetter, Programm des Tages, auch Leute, und dabei nickte er zu seinen eigenen Worten ebenso bedächtig und langsam wie zu den meinen. An diesem Nicken hätte ich ihn auf einem Bahnsteig erkannt.

Er redete mit fast jedem, aber warum besonders mit mir, das wußte ich nicht.

Einmal nahmen wir beide wie alle anderen Teilnehmer an einem Gottesdienst teil, sonntags früh. Wir schwatzten leise, wie als Schulkinder. Portugalow wisperte in mir gut verständlichen Wörtern, aber unverständlichen Zusammenhängen, über Sachverhalte, von denen er wohl annahm, ich sei in sie eingeweiht. Warum auch nicht, mir hat man wegen meines Anteils an mütterlicher Ausstrahlung schon viele verworrene Familiengeschichten mitgeteilt, auf eine mehr oder weniger kam es nicht an. Er sah etwas magenkrank aus, es konnte auch etwas Schlimmes sein, und ich suchte ihn zu beruhigen. Er nickte dazu, langsam, bedächtig.

Das wird alles, habe ich gesagt, Sie werden sehen, am Ende zeigt sich bei jeder Sache auch die gute Seite.

Mein Mann wußte, wer Portugalow war, aber er wußte nicht, daß ich es nicht wußte. So waren alle Messen gesungen, wir lebten schon in einem anderen Land, als ich ihn einmal danach fragte, wer dieser Portugalow in Bonn eigentlich war.

Ich übergehe unseren folgenden Wortwechsel und komme gleich zur Sache: Portugalow war Leiter der Deutschland-Abteilung des ZK der KPdSU und außenpolitischer Berater von Gorbatschow.

Er wollte mir nichts über seine kranke Frau oder böse Oma erzählen, sondern redete über die im Sommer 1989 wohl längst beschlossene Öffnung der DDR, nachdem die Herren in den Strickjacken im Kaukasus sich so ausgelassen gegeben hatten, und weil ich unter wichtigen Leuten in Bonn saß, hielt er mich wohl für eingeweiht und wollte meine Meinung über die bevorstehenden großen Veränderungen hören. Er kannte mich nicht, wußte vermutlich nicht, daß ich anstelle wichtigerer Personen anwesend war, und ich hatte ihm ja auch sehr Wichtiges mitgeteilt: Das wird alles, und am Ende zeigt sich bei jeder Sache auch immer die gute Seite. Das Leben ist sowieso schwierig und Gott ein großer Mann.

Wir sind noch einmal im Dunkeln durch den Park zum Hotel gelaufen. Danach haben wir uns nie wieder gesehen. Er muß mich entweder für hoffnungslos blöd oder noch viel geheimer als sich selber gehalten haben.

Wir kehrten nach Berlin zurück, und alles nahm seinen geschichtlichen Lauf.

Die Weißenseer Blätter lagen wieder im Postkasten, und ich las sie. Irgendwo mußte mehr Beratenheit sein, als ich sie in mir selber damals fand.

Ich entdeckte mir neben dem Theologen Hanfried Müller auch Rosemarie Müller-Streisand und verliebte mich in sie, in ihre Sprache, ihre Logik, ihre Unabweisbarkeit. Nicht selten lachte ich laut, las zweimal und näherte mich spröden Sachverhalten wie an ihrer Hand.

Diese linke Theologin machte mich klüger, weil ich ihr zu vertrauen lernte; um Glauben ging es nicht. Sie übernahm nicht meine Verantwortung und verwies die nicht an ein höheres Wesen, sie verlangte – und wie genußvoll war das zu lesen – selber zu denken.

Je mehr ich mich in die Publizistik der ehelich verbundenen Wissenschaftler und Politiker vertiefte, umso deutlicher wurde mir, daß diese beiden Menschen sich ein Ideal erfüllt hatten: Verbunden sein in engem geistigem Austausch bei gleichzeitiger Unabhängigkeit eines jeden von ihnen.

Sie war dann sehr krank, wichtige Arbeit mußte von ihr aufgeschoben werden, dann ging es ihm schlecht, und mehrmals gab es das traurige Gerücht, sie müßten ihre Publikation einstellen, zu viel Arbeit, und zu viele Briefe, die nach Antwort verlangen, und zu alt für die immer noch wachsenden Anstrengungen.

Aber was sie mitteilen, kann jeder verstehen. Diese Helligkeit macht natürlich angreifbarer als jenes deutsche Dunkel, aus dem der deutsche Spinner sich gern seinen immer romantischen Sinn abholt.

Ich habe ein kostbares Lesezeichen, das wandert von Buch zu Buch: eine handgeschriebene Karte von Hanfried Müller.

Ich habe ihm noch einen besonderen Dank abzustatten. Gerade mit Schreiben beschäftigt, und also abgelenkt, gab ich telefonisch meinen Namen als Unterschrift für eine Petition. Die war von Professoren verfaßt worden. Wir kamen in den Genuß einer Schlammschlacht in den Zeitungen, und das tat mir wegen einiger ehrwürdiger alter Wissenschaftler mit Achtung gebietender Lebensleistung leid.

Es war nicht so, daß uns viele beigestanden hätten. Aber die Weißenseer Blätter druckten eine Meinung zum Vorgang ab, die war nicht nur köstlich, derb und genau, sondern auch hilfreich.

Ob solche Persönlichkeiten wie Rosemarie Streisand und Hanfried Müller in der nächsten Generation nachwachsen, weiß ich nicht. Vielleicht tröstet es, zu denken, daß schon Aristophanes nichts auf die nächste Generation gegeben hat.

Die beiden da in Weißensee sind nun über achtzig Jahre alt. Philemon und Baucis ohne Sonnenbank vorm Haus.

Dank können sie kaum erwarten, jedenfalls nicht den, den sie verdienten.

Die Stelle für Treue sitzt im Hirn. Als man mich wissen ließ, ich könnte in der DDR ohne diese Weißenseer Blätter leichter leben, habe ich angefangen, sie sorgfältig zu lesen.

Und in Deutschland über alles gewiß nicht damit aufgehört.

Die einzigartige Diät zum Fest

Er hat gesagt, Ostern findet man ja wenigstens die Hälfte von dem süßen Zeug im Garten wieder. Und dann aufm Teppich

Pfingsten ist schon gar nichts, braucht kein Mensch. Aber du bist ja schon wieder dabei, die Weihnachtsgeschenke zu horten.

Da kann man gar nicht früh genug anfangen, habe ich gesagt. Geschenke für Dezember sammelt man ab Februar.

Er hat gesagt, wenn Weihnachten wieder nicht mehr für ihn bringt als nochn Bierseidel, bloß mit 'nem andern Abziehbild drauf, hat er schon sieben von, dann ist Sense mit Baumschmuck und Gänsebraten.

Ich hab gesagt, du kannst das alles so gut. Wir kriegen nicht raus, wie du das machst.

Er hat gesagt, vor allem wollt ihr das nicht rauskriegen. Sonst müßt ihr das ja machen.

Nie!!! Dein Gänsebraten ist ein Geheimnis.

Er hat gesagt, das wird's auch bleiben. Ein Mann muß immer 'n bißchen geheimnisumwittert sein. Beim Sex und beim Rotkohl Persönlichkeit bleiben.

Ich hab gesagt, ja, richtig. Aber schade, daß dein geliebter einziger Enkel voriges Jahr alle Kugeln zertöppert hat. Du wolltest ja nie elektrische Kerzen. Aber nun könnten wir schon abgebrannt sein, wenn ich mich nicht durchgesetzt hätte.

Er hat gesagt, du bist das lebendige Beispiel für Geschichtsschreibung. Sein Enkel Franz wollte sich einen Schokostern angeln und sein ausnahmsweise mal nicht total besoffner Vater gleichzeitig den Pädagogen raushängen. Ist der Baum umgefalln. Konnte ja Franz nicht für. Hättste den Baum eben nicht auf die Erde stelln dürfen.

Ich wollte keinen Streit, und es war auch nicht mein Thema, also hab ich bloß gemurmelt: Hätt ich den Baum auf den Tisch gestellt, wäre ja Franz nicht an den Schokostern rangekommen. Aber die Kugeln kamen mir so unbekannt vor. Schon beim Schmücken. Warn lauter neue bei. Aber ich kann mir schon denken, wo unsere alten sind. Bei den Töchtern. Kindheitserinnerung, schluchzen die und holen sich mein neues Bügeleisen und das alte Nudelholz.

Deine Schuld hat er gesagt. Allzu gut ist dumm. Wenn man was für die Familie organisiern will, dann muß jeder auf seinem Posten das Beste draus machen. Aber da warst du ja noch nie die Größte. Möchte er bloß mal daran erinnern, daß ich zur Silberhochzeit nicht eine Einladung abgeschickt habe.

Ich hab gesagt, du auch nicht, und jetzt reden wir über Weihnachten und die alten Kugeln.

Er hat gesagt, bitte, aber wenn du so ein Thema rausholst, mußt du auch die Wahrheit aushalten. Die alten Kugeln haben unsre Töchter nicht geklaut. Die hat er versteckt. Hat er. Solange bei uns welche rumsitzen, die ihm nicht reinpassen, rückt er auch nichts mehr raus. Und der Babett kannst du mal sagen, die soll sich endlich entscheiden. Für Mkwomo. Ja, stammt er aus Zaire. Müssen auch welche herstammen, können ja nicht alle von hier sein. Aber Mkwomo hat was auf der Kirsche. Ist eher 'n Mann für 'n Mann. Schwarzer Kopf und helle Birne. Bei ihr'm jetzigen ist es wohl eher umgekehrt.

Ich hab gesagt, du liebst keinen Schwiegersohn. Den Jens bloß 'n bißchen mehr nicht. Und deine Geschenke warn prima ungerecht. Der Jüngsten hast du Omas goldene Armbanduhr geschenkt, und Babette ein Dampfbügeleisen.

Er hat gesagt, hat se was zur Hand beim Rosenkrieg.

So denken Männer, hab ich gesagt. Sie hat gedacht, du schmeißt ihr vor, daß ich ihr immer noch bügle.

Jaja, hat er gesagt, ist mir doch egal, wem du was bügelst. Und deine Geschenke? Warn die auch ungerecht?

Nein. Eher nicht. Ich dachte, weiß er was, was ich nicht weiß? Muß ich sterben? Oder tut dir was weh? Na, tut's ja immer. Unsere Töchter haben gesagt, dieses Jahr gibt's keine Geschenke. Ihr habt doch alles, haben sie gesagt.

Er hat gesagt, das ist die älteste und blödeste Ausrede aller Nachkommen. Wer will denn, daß die Geld für uns ausgeben? Solln ihre Kredite abzahln, damit ist uns am meisten geholfen. Aber die könnten sich doch mal 'ne Freude einfalln lassen. Wir können ja mal den Wunschzettel schreiben. Mach mal, du kannst doch so was.

Gut, hab ich gesagt. Punkt eins: Halst uns nie wieder sonntagnachmittags eure Gäste auf und lügt, ihr habt den Kuchen liegengelassen, den überhaupt keiner gebacken hat. Ihr verkehrt nur mit Todlangweilern, und wir haben den ganzen Abwasch.

Er hat gesagt, das kannst du viel kürzer fassen: Kommt uns nie wieder besuchen.

Punkt zwei, hab ich gesagt: Gebt uns wenigstens manchmal was Gepumptes zurück. Und wenn's Geld war, behauptet nicht jedes Mal, ihr habt es Papa schon gegeben. So sieht der dann nicht aus, und er kann sich nicht mal erinnern, daß wir euch was gegeben haben, geschweige, daß er was zurückgekriegt hat. Entscheidet euch endlich, mit wem von uns beiden ihr euch zusammentut und wen ihr übers Ohr haun wollt.

Er hat gefragt: Und das hast du jetzt eben alles geschrieben?

Nein, noch gar nichts.

Laß es, hat er gesagt. Wenn wir wieder keine Liebe merken, fahren wir nach Sibirien, legen uns aufn warmen Ofen und kommen den ganzen Winter nicht mehr runter.

Ich hab gesagt: Vorsicht! Ist nicht gesagt, daß die einen suchen.

Er meinte, Mkwomo würde. Ganz bestimmt. Der würde uns suchen.

Ich: Der würde durch Sibirien latschen? Durch das ewige Eis? Bei fünfzig Grad Kälte? Wegen Schwiegereltern?

Vielleicht nicht wegen Schwiegereltern, hat er gesagt, aber unter Männern gibt's ja so was wie Verlaß. Und wenn man sich wichtig ist, dann sucht man. Egal, wo.

Ich wollte das nicht weiter vertiefen, denn als großer Sucher ist er mir eigentlich noch nie aufgefallen, er findet ja nicht mal seinen alten Wasserball im Keller, und die alten Kugeln für den Weihnachtsbaum werden wir vermutlich nie wiedersehen, und falls er sie doch finden sollte, hat er sie bis zum Fest allemal wieder verbuddelt.

Also hab ich gefragt: „Was ist nun mit Gänsebraten und Rotkohl? Es ist ja nicht, daß man ihn essen will. Aber er duftet so wunderbar." Ich, hab ich gesagt, ich bin ein Nasenmensch. Mich macht es glücklich, wenn es so durch die ganze Wohnung duftet. Alle Sünden riechen viel besser als wie die ganze Tugend.

Er hat gesagt, daß wir mal richtiges Deutsch konnten, wird auch vergessen. „Als wie" haben wir früher nicht gesagt. Du guckst zuviel Fernsehen. Und wieso Sünde? Das ist dieser neumodische Unfug. Da sagen sie einem, wie man hinterher wieder abnimmt, was man durch Gänsebraten, Rotkohl, Klöße und Soße zugenommen hat. Man nimmt aber nur zu, wenn man es falsch macht. Richtig ist: Man muß natürlich dazu ein leckeres Helles trinken, und zu Anfang, in der Mitte und am Ende je einen Verteiler von der harten Sorte. Da ist die Hälfte im Magen schon entwaffnet. Dann muß man es sich schmecken lassen, und natürlich nix vom bunten Teller zwischendurch, das wäre ganz verkehrt, aber hinterher ein ordentliches Stück Stollen mit Kaffee, weiß und süß, so wie du ihn immer machst. Verstehst du? Da finden dann physikalische Umwandlungen statt, das eine ist gegen das andre, die bekämpfen sich und schaffen sich gegenseitig aus dem Weg. Wenn man das richtig macht, dann nimmt man von Gänsebraten, Soße, Rotkohl und

Klößen ab. An den Rotkohl macht er ja sowieso nicht noch extra Fett, also nicht viel, das hilft auch beim Verdauen, aber eben am meisten die Verteiler und der Stollen ... Und wenn er dann noch Akkordeon spielt, Hold me tender und bau auf bau auf und o Tannebaum, das steckt alles in seiner alten Kiste drin, da geht's aber los mit bißchen Bewegung.

Daß ich von seinem Akkordeonspiel abnehme, habe ich ihm sofort abgenommen. Ich hasse es, wenn einer Akkordeon spielt. Ich hab gedacht, ich könnte ihm ja auch einreden, daß wir einfach nach Schnitzbühel fahren. Wir beide ganz allein. Schneesicher und gleich neben dem Bullen von Tölz. Ich wollte sagen, dann müßte er mal überhaupt nicht und für niemanden in die Küche. Aber dann ist mir eingefallen, daß er den Hals und alle Reste immer nach dem Fest mit Kohlrüben kocht, mit viel Kümmel, und davon würde ich am liebsten außer ihm und Franz niemandem was abgeben. Und Franz hat das auch geschmeckt, da wird es sowieso nicht abgeschafft.

O Scheiß. Jedes Jahr 'ne neue Theorie. Wie bei der Liebe. Jeder weiß, wie's geht, und keiner kann's.

Er hat gesagt: „Oder Ente mal. Bei drei Töchtern haben wir Gänse genug."

Dann ist er raus. Für immer, oder sein Akkordeon suchen. Das hab ich aber, glaube ich, weggeschmissen. Mit den braunbeigen Schuhen. Die hatte er an, als wir uns kennengelernt haben und aufeinander geflogen sind. Doch, was wahr ist, muß wahr bleiben. Bloß eben seine Schuhe. Braunbeige Zuhälterschuhe, so Mörderschuhe, wie im „Paten", damit man den als Zuschauer wiedererkennt, braunbeige Schuhe mit Schnürsenkeln.

Die hab ich weggeschmissen und in den vielen Jahren seitdem hat er mir das eigentlich nie verziehen, denn die hatte er sich vom ersten Lohn selber gekauft.

Konnte ich ja nicht wissen, weg waren sie, und da ist wohl das olle Akkordeon auch gleich mit in den Müll.

Nein, er hat's unterm Arm. Und die alten Kugeln in der Schachtel und das schöne giftige Lametta hat er auch gefunden. Die Gans natürlich noch nicht. Da muß er sich ja für die richtige entscheiden. Das dauert immer länger als damals bei mir.

Er hat ja oft recht, ein bißchen abnehmen kann nicht schaden, und das verschieb ich nun in aller Ruhe bis auf Weihnachten und seinen Gänsebraten mit Stolle und süßem Kaffee.

Sagt einer, bist du, immerhin nur
als Weib geborne
nicht dankbar, daß du jetzt sein darfst
die du bist?
Nicht immer, sag ich
und verbrüh mich am heißen Tee
immer nicht
aber manchmal bin ich mir dankbar

Vielleicht
weil meine Musik
nicht für mich singt

ich hasse meine Musik
ich will Waffen

Manche Männer finden ihre Kraft
indem sie ihren einsamen Weg gehen
seien wir ihnen, was wir können
Leonard Cohen

Worte von einem, der noch einmal ausziehen sollte, um die alltägliche Vernunft zu suchen. Es reicht eben nicht, begabt, weltberühmt, reich und sichtbar ein bißchen von all dem Trubel um seine Person genervt zu sein. Nur allzu verständlich, daß sich einer da mal zur inneren Besänftigung und damit er wieder zu sich selber kommt, eine Zeit in ein buddhistisches Kloster zurückzieht.

Das hab ich aus der Zeitung. Die unangenehme und die auf den ersten Blick angenehme Neuigkeit ebenso. Unangenehm: Er hat der falschen Person vertraut, berichtet die Presse, sie hat ihm das Konto abgeräumt, zwei Millionen, und ihm nur einen Rest für die Miete gelassen.

Die angenehme Nachricht wäre, daß er im Mai in Berlin ist, meines Wissens zum ersten Mal, Cohen-Tage, aber ich werde nicht hingehen, also mein Herz und mein Portemonnaie zusammenhalten.

Es gibt ein Lebensalter, da sollte man die allzu überfordernden Ereignisse den höheren Gewalten überlassen, die sorgen ausreichend dafür. Aber die irdischen Dinge bedürfen bedächtiger Hand. Es hätte ihm eigentlich nicht passieren dürfen, nicht ihm, mit all seiner ausstrahlenden Männlichkeit, nicht ihm, und wie uns Amerika immer dargestellt wird, kriegt er keinen Cent wieder.

Er ist ein alter Mann, über siebzig, und ich bin ihm nie begegnet, zu meinem Glück, denn er ist einer von den Männern, auf die eine Frau um den Preis sicherer späterer Tränen begeistert reinfällt.

Was singt er da? Von manchen Männern, die ihre Kraft finden, indem sie ihren eigenen Weg gehen – und wir sollen ihnen sein, was wir können.

Aber uns Frauen bleibt schließlich auch nichts anderes, als unseren einsamen Weg zu gehen, und wie dankbar sind wir, wenn ein anderer Mensch, Mann oder Frau, ein Stück mitgehen will und mit uns teilen, was er halt hat oder kann.

Die Welt hat Cohen zu seinem siebzigsten Geburtstag gefeiert. Vielleicht nicht so sehr deswegen, weil er trotz seiner Art zu leben bis ins Alter gelangt ist, sondern aus besserem Grund: Immer nach angekündigtem Schlußapplaus hat er mit neuem Erfolg überrascht.

Ich bin nicht mehr scharf auf neue Idole, habe keine Lust, mich noch einmal so wie vor langer Zeit von Charles Bukowski schwer abweisbar inspirieren zu lassen, aber vieles war auch mir eben lange Zeit nicht zugänglich, das will ich schon bei aller Akzeptanz meines gelebten Lebens zugeben. So ist mir auch Cohen nur als Name bekannt gewesen.

Ich wehre mich gut. Wie der schon aussieht. Ausgebrannt, weil er nichts hat anbrennen lassen. Ein großer Verlieber und Verlasser, das ist die gefährlichste Art von Männern, die fühlen und leiden ja wirklich, denen tut es weh, die denken jedes Mal, das ist Suzanne, die große Liebe, das ist sie, und sie wollen immer heimkehren zu der, die sie eilig verlassen haben, aber da werden sie unterwegs aufgehalten, neu verstrickt. Und verdammt, während sie es wieder als das bisher größte Ereignis besingen, schwingt schon der ganze baldige Abschied, die Endlichkeit, die fehlende, unmöglich zu erreichende Vollkommenheit, das Bedauern und die Traurigkeit mit.

Darin scheint er Schnitzlers Anatol ähnlich, aber das reicht nicht weit, denn Anatol reflektiert nur, er handelt nicht, während Cohen, neben der Verschwendung seiner selbst, auch ein fleißiges und anstrengendes Leben als Sänger und als Autor vor sich gebracht hat. Ein nachwirkendes, also wird er uns alle überleben. Womit könnte er das schaffen?

Sein Stil ist geprägt von jüdischer Selbstironie: Macht mir keinen Vorwurf, erzählt mir nichts über mich, ich weiß das alles selber.

Er zieht in Netze, in denen man nicht mehr zappeln möchte, es sei denn, man bekommt die Garantie, daß man aus denen nie wieder raus muß ins normale Leben.

Cohen hat in dreißig Jahren nur zehn Studioalben herausgebracht, aber die sind in den Plattenläden immer zu finden, denn die Fans wachsen nach, und er gehört eben zu den Klassikern des seltsamen Genres, in dem sich vielerlei Zutaten zu eigener Art vermischen. Er hat auch elf Bücher veröffentlicht, und in zwanzig Ländern seine Konzerte gegeben, vor einem gut auf ihn vorbereiteten Publikum, das ihn zu seinem Erstaunen gefeiert hat, obwohl er sich vorher auf diese Leute, sein Publikum, nicht extra eingestellt hatte. Er war er, und sie sangen seine Lieder mit ihm, das war auch ihm immer unbegreiflich und überwältigend. Für ihn und für sein Publikum.

Alle Fotos seiner Alben zeigen sein Gesicht, alternd, ernst, bezwingend. Wenn einem so einer gefällt, dann über die Maßen. Aber ich habe ihn nie mitgezählt, wenn es um meine Favoriten unter den Interpreten ging.

Dann lag mir ein Freund in den Ohren. Sein Cohen, seine Jugendliebe, und jene Lieder, die er als blutjunger Flottenkapitän zur Gitarre nachgesungen hat. Noch einmal, und zu Cohens siebzigsten Geburtstag, wollte er ihn feiern, noch einmal seine Lieder singen, aber in deutscher Sprache, neu, anders.

Das sind so Träume, die Menschen haben, und ich zertrete sie ihnen ungern.

Dann kommt eine Kassette, ein Mitschnitt von einem Konzert im Freien, irgendwo in der großen weiten Welt. Die Dimension ist nicht zu erkennen, denn der Beifall, die Zurufe und der Gesang der Menge schwellen schon bei den ersten Tönen eines Liedes an, und alles, was der Künstler vorerst macht, ist eine Art öffentlicher Probe, ein Vorspielen als Vorspiel. Es ist im üblichen Sinn nicht einmal Gesang, jedenfalls singt er nicht schön, von Belcanto keine Spur.

Ich sehe ihn nicht, ich höre ihn nur, und es könnte sein, daß er die Hände in den Taschen hat und mal eben so über das Leben erzählt, wie es ist, wie es war und warum alles so gekommen ist. Ja, er erzählt, im tiefsten dunklen Ton erzählt er, in der Art, wie es viele Liedermacher gern können möchten und nie können werden.

Vielleicht heben die Tausende die Arme, schwenken sie, aber ich glaube nicht, daß sie verrückt spielen. Dazu ist der Gesang der Menge zu genau. Die Leute singen diese zum Teil realistisch erzählenden, zum Teil aber auch poetisch verschlüsselten Texte. Wie hat er sich das geholt, wie das erobert? Und erhalten, in einer Zeit, in der wir uns wirklich „zu Tode amüsieren", nur könnte man auch langweilen sagen oder erschrecken, weil es anscheinend kein Tabu mehr gibt und keine Schamgrenze.

Bei Cohen gibt es nichts zu lachen, aber lächeln darf man, wenn er einem das eigne Herz durchschaut und man sagen möchte: Ja, Bruder, wie ich, aber ich hab's auch überlebt, und lassen wir es doch gut gewesen sein.

Leonard Cohen hat sich mit zwölf Jahren gegen den Willen seines Vaters eine Gitarre gekauft: „Gitarre spielen nur Kommunisten", hatte der Vater gesagt. Das klingt lächerlich, aber es ist was dran, weil die Gitarre das allfällige Begleitinstrument bei den Liedern der Linken war, aber bei den Pfadfindern, Heilsarmisten und bei den Rechten ja auch.

Es paßt zu Cohen, wie er antwortet, wenn ihn einer dumm fragt. Wie in einem Interview: „Ist es wahr, daß Sie nur drei Akkorde beherrschen?“ Nein, sagt er, das sei eine Lüge, er kenne fünf. Diese berühmten fünf Akkorde findet man allerdings in fast jedem seiner Lieder: A-Moll, B-Moll, Fis-Moll, D-Dur und E-Dur.

Cohen hat sich am Anfang vom Rhythm & Blues und der Countrymusic inspirieren lassen, von Bob Dylan und Joan Baez und von Judy Collins. Diesen Kollegen hat er ein Stück Ebnung seines Weges zu danken.

Alles andere im wesentlichen sich selber, eben auch die Zurückhaltung, den Wechsel der Genres. Er hat sich nie zu Everybodys Darling gemacht und zu mehr Eile drängen lassen, auch wenn ihm die Kritiker solche Zurückhaltung vorgeworfen haben.

Superstars verbrennen beim Rennen ihr Bestes, sie suchen die Grenzen ihrer Kraft mit gefährdenden Mitteln zu erweitern, und während sie gnadenlos ausgebeutet werden, bleiben sie geistig stehen, und weil es Stillstand nicht gibt, fallen sie zurück in kindische Albernheit. Viel Geld macht ein teures Leben, das weiß man, und nur, wenn sich einer wie Cohen darauf beschränkt, die Gedanken entstehen und wachsen zu lassen, entscheidet er sich für sein Talent. In seinem Fall nicht auch gegen den Markt, das ist sein Phänomen.

Vor zehn Jahren ließ sich Cohen in den Rang eines buddhistischen Mönches erheben, nahm den Namen „Jikan“ an, das heißt „Der Stille“, und es gab Befürchtungen, er habe seinen „Tower of Song“ geschlossen und die Zugbrücke hochgezogen.

Nach drei Jahren aber hat er das Kloster wieder verlassen und arbeitet an neuen Alben.

Seine Vorfahren kamen um 1860 nach Kanada, von irgendwo zwischen Rußland und Polen. In Kanada sind sie nicht geblieben, sie wurden Amerikaner.

Cohens Mutter stammte aus Litauen. Sie war verzweifelt, als er Musiker werden wollte, denn sie glaubte nicht daran, daß er in dieser Welt da draußen überleben könnte.

Das ist leicht zu verstehen, bei der Welt, aus der sie kamen, diese mit ihrem Pogromen und ihrer ständigen Erniedrigung und Bedrohung.

Ich will nicht über seinen Lebensweg berichten, es gibt Bücher, in denen lassen sich alle Stationen und viele Aussprüche von ihm nachlesen. Ich will nur sagen, was mich an ihm beeindruckt: Der ist ein Macho, bestimmt, aber in seinen Liedern sind Frauen kein Spielzeug, nicht für Nullnullsieben und nicht für einen gewöhnlichen Durchschnittskerl, der sich an einer hochzieht, die ihm eigentlich überlegen ist. Seine Frauen in den Liedern sind starke Menschen, die einem Mann auch mal die Tür nicht mehr öffnen. Sie wissen um ihre Wünsche, und wenn sie sich einem zuwenden, dann ist an der Sache eine Menge dran.

> … jeder von uns zahlt
> zu hohen Preis
> arm bleibt arm und reich bleibt reich
> jeder weiß
> Geld regiert die Welt
>
> Jeder von uns weiß
> Das Boot kann sinken
> Jeder von uns weiß
> Der Käptn lügt
> Ein Gefühl wie nahe vorm Ertrinken
> Oder Papas Tod wird uns zugefügt
> *(Everybody knows)*

Oder:

> Tanz mir deine Schönheit
> bis die letzte Geige brennt
> tanz mir deine Panik

daß die meine dich erkennt
…
tanz mich, bis die Liebe schweigt
…
tanz mir eine Hochzeit nah
tanz mich wieder weg
beide schmelzen wir in eins
und dann sucht jeder seins
beide fliehen ins Versteck
und jeder bleibt an Deck
… tanze, bis die Liebe schweigt

Das wäre ja leicht, Cohen, wenn man dem anderen befehlen könnte, so lange außer sich zu sein, bis das egoistische eigene Gefühl schweigt. So, auch so kann Liebe entstehen, aber so bringt man sie nicht wieder um.

Das klingt auch schon wieder überheblich, wenn ich bedenke, daß Nena gerade erfolgreich singt: „Liebe will nüsch, Liebe kämpf nüsch, Liebe denkt nüsch, Liebe est …

Cohens Stimme ließ sich nicht verdrängen. Es war Magie, und die will immer ernst genommen werden. „Suzanne", das Lied über eine Frau, die gegangen ist und die man gern wieder haben möchte, haben schon andere nachgedichtet, auch Konstantin Wecker, um die Kenntnis anderer bemühe ich mich nicht.

Ich versuche mich an den Texten, die mir vorliegen.

Cohen könnte vieles so meinen, wie es dasteht. Aber das ist nie sicher.

Der Stachel kann im einzelnen Wort liegen, oder die letzte Zeile hebt die anderen auf, es macht Arbeit, ihm dahinter zu kommen. Wenn Cohen von Angst und Schmerz singt, dann auch von der Angst vor Niederlagen der Menschheit. Es ist viel Welt in seinen scheinbar ganz persönlichen Begebenheiten, den Meinungen über Mann und Frau und was zwischen ihnen alles möglich ist.

In Interviews macht sich Cohen lustig über die netten Angebote, ihn zu deuten. Weiß er es besser? Nicht alles, ein Teil nachlässig gehüteter Naivität, die er braucht, um schreibend weiterzusuchen, die behält er sich.

Drei Generationen kommen in seine Konzerte, und darüber staunt nicht nur er, es ist erstaunlich. Vielleicht, weil Cohen ihre Herzen berühren kann, und ihnen etwas mitgeben auf ihrem einsamen Weg, von seinem einsamen Weg, trotz ihres, trotz seines überfüllten Lebens. Da ich annehme, daß es nicht gerade die Doofen sind, die zu ihm gehen, um ihren Hit von ihm mit ihm zu erleben, habe ich eine neue kleine Hoffnung: Es scheint doch mehr Intelligenz unterwegs zu sein, als wir manchmal resignierend glauben.

Es fällt mir schwer, zu akzeptieren, daß einer ein Buch „Blumen für Hitler" nennt. Da drängt sich die Angst vor dem Mißverständnis nach vorn. Aber es heißt ja, daß die jungen Nazis nicht lesen.

Und vielleicht darf einer einen solchen bitteren und provozierenden Titel doch erfinden, wenn er selber vom Stamm derer ist, die immer wie auf freiem Feld leben und immer den ersten Stein erwarten. Ein Kohn, aus dem Cohen wurde, was im Deutschland der dreißiger Jahre nichts geändert hätte.

Ich bin alt genug, um zu widerstehen, jung genug, mich beeindrucken zu lassen.

Die Arbeit ist getan, im Autofach liegt eine CD mit Liedern von Leonard Cohen, und wenn ich das brauche, hole ich mir seine unglaublich tiefe Stimme, die so beruhigend klingt, so gelassen, während sie ungelassenes mitteilen:

Wenn du einen Kerl brauchst
ich tu alles, was ein Traummann tut
und wenn du ausgefallne Wünsche stillst
mir stehn alle Masken gut

soll ich dir als Partner mal zur Hand gehn
wenn du wirklich einmal Hilfe haben willst
ich bin hier
ich bin dein Mann …
nur bei diesem Mond
wird die Kette eng
da liegt das Tier und schläft
wenn ich dir Schwüre gab
hak sie allesamt ab
so ehrlich gemeint ich sie hab
(I'm your Man)

Er hat das Einmalige, das man sich nicht aussuchen kann. Die Attitüde ist vorgegeben, nicht ausgesucht. Er ist auf andere Art ein „Bird on the Wire", und er gesteht, daß er Leidvolles und Leidenwollen haßt – doch wohl mehr als seine Musik.

Auf der Leinwand lächelt er schief: „Im Grunde genommen gibt es nur drei Variationen von Liebesliedern: Ich will dich, ich habe dich, ich habe dich verloren.

„Mir gefällt die Vorstellung, daß man ein Lied schreibt und es dann seines Weges geht und die Menschen vergessen, wer es geschrieben hat. Das Lied geht durch die Welt und es verändert sich, und dann hört man es dreihundert Jahre später wieder, wenn ein paar Frauen ihre Kleider am Fluß waschen, und eine von ihnen summt diese Melodie." (Buzz 4/1998))

Solche Lieder gibt es, und wir summen eins davon, auch wenn wir unsere Kleider nie wieder am Fluß waschen. Aber es sind auch Worte, von denen ich lange gedacht habe, sie enthalten meine Gedanken über Lieder.

Er sagt: „Ich wünschte, die Frauen mögen möglichst rasch die Macht übernehmen …Es wird sowieso passieren, also bringen wir's hinter uns. Dann können wir endlich zugeben, daß die Frauen die wahren Köpfe hinter allem sind und die Kraft, die alles zusammenhält, während die Männer nichts weiter als Schwätzer und Künstler sind. Dann können wir uns unserer kindischen Arbeit widmen, und sie können den Laden schmeißen. Ich bin ein absoluter Befürworter des Matriarchats."

Klingt gut, besonders in Weiberohren. Aber wir hatten das schon, und da ging es nicht besser. Die Frauen waren beim Jagen, Erobern und Töten, auch ehrgeizig auf falschen Siege, o Penthesilea, um nichts besser. Das Matriarchat ist an sich selber zugrundegegangen, das Patriarchat eben dabei, an der Vielzahl seiner Kriege zu verelenden.

Hat Cohen die gewöhnlichen Anwandlungen eines vor jedem erstaunlichen Wiedererstehen immer verbraucht scheinenden Mannes? Oder will er gewohnte Macht über die Sinne des anderen Geschlechtes abtreten, weil er ein Stadium der Reife erreicht hat, das sich keiner Neuigkeit, mehr aussetzen will?

„Mir ist wunderbare Liebe zuteil geworden, aber ich konnte sie nicht zurückgeben ... Es hat Menschen gegeben, die mich sehr, sehr innig und aufrichtig geliebt haben, aber ich war nicht fähig, ihre Liebe zu erwidern ... weil ich von einem Gefühl des Getrenntseins besessen war. Ich konnte nicht einfach die Hand ausstrecken und über den Tisch hinübergreifen, ich konnte nicht auf die andere Seite des Bettes hinübergreifen. Ich konnte nicht über den Mond hinübergreifen und ich konnte nicht über meinen Song hinübergreifen und auf der anderen Seite das berühren, was mir da angeboten wurde." (1997)

Mit Suzanne hat er zehn Jahre ohne Trauung gelebt, und sie haben zwei Kinder.

„Man fängt an, sich Sorgen zu machen, sobald sie auf die Welt kommen, und ich glaube, man hört nie damit auf. Man hofft, daß sie einem verzeihen werden, und die meiste Zeit drückt man ihnen nur die Daumen, wünscht ihnen, daß sie gesund bleiben, und versucht, hie und da mal einen guten Rat loszuwerden ..." (1988)

Cohen hat keine Art von Rausch ausgelassen. Aber er hat auch entdeckt, daß es keinen ergiebigeren gibt als den der Nüchternheit, der zur Arbeit zwingt, bis man den Boden unter den Füßen verliert und vorübergehend fliegen kann.

Er wird immer fortgehen, vorübergehend, in ein Kloster, einen verschlossenem Raum, in die Arme einer Frau, die ihn für den Moment halten kann. Bisher ist er immer zurückgekehrt und hat Neuigkeit gebracht.

Mehr steht uns von so einem Mann eigentlich auch nicht zu.

Was du mit mir noch vorhast, Leben
ich nehm es an und werde es genießen
mag manche Tür sich noch so heftig schließen
es war der Wind, der kann das eben

der Tod, sagt man, ist Müdewerden
ein Anflug erst und gleich darauf vergessen
ein Universum ist uns zubemessen
steht noch was aus auf ungezähmten Pferden

Wenn du noch etwas vorhast, Leben
gib mir die Lust, es anzunehmen
du lockst in goldne Schuh, die unbequemen
lass mir das Gras zum barfußgehn daneben

Freundestreue, was sonst

In Weißensee gibt es ein Kulturhaus, das schon immer schäbig war, vielleicht schon, als es gebaut wurde. Wir haben dort oft getagt, Sänger, Artisten, mit Rockern und Tänzern, und wenn man dieses ungastliche Haus verließ, suchte man eine bessere Kneipe auf. Wenn ich mich recht erinnere, gab es den großen Saal, aber bedient wurde nur mit Bier und Kaffee.

Im Jahr 2000 wurde von einigen Abgeordneten versucht, den Namen Peter Edel vom Kulturhaus zu löschen. Es war leicht, zur Verteidigung hinzueilen, es war leicht, deutlich zu machen, welch ein Sturm der Entrüstung ausgelöst würde.

Da haben sie es gelassen. Und gehen den leichteren Weg. Sie lassen das Haus nun gänzlich verkommen, viel gehört ja nicht mehr dazu.

Jemand wollte vorher Peter Edel den Schandlappen IM anpinnen. Dafür gab es einen guten Platz an der Jacke, den, wo er früher den gelben Stern tragen mußte. Den konnte er so schnell abnehmen und wieder anstekken, daß mein Blick dem Vorgang nicht folgen konnte. Geübt war geübt.

Es gab Leute, die hätten ihn per gerade modischer Denunziation gern aus der Kultur, der Kunst und dem Leben der DDR entfernt.

Aber das hat nicht geklappt. Zu seiner Verteidigung ermannten sich Persönlichkeiten, auch solche, die in anderen Zusammenhängen nach der Wende gern schwiegen, so beredt sie auf die Fehler der DDR wiesen. Nicht zu Unrecht oft, sehr ungemäß in anderen Zusammenhängen.

Der „Fall" der Löschung des Namens Peter Edel am Kulturhaus in Weißensee kam in die Zeitungen. Da wurde viel zitiert, auch falsch.

„Liebe Kollegen", schrieb ich einmal als Antwort,

„was soll ich gesagt haben? Peter Edel habe sich lächelnd, auf dem Bahnsteig stehend, ins KZ transportieren lassen, mit dem Vermerk ‚Rückkehr unerwünscht'?

Ich habe gesagt: ‚Zum Hassen war er nicht fähig .../ Daß er leben konnte, lieben noch einmal, essen, trinken, sogar auf dem Bahnsteig des Ostbahnhofs stehn/ von wo er abtransportiert worden war, gefesselt, mit dem Vermerk: Rückkehr unerwünscht ...'

Das sind Zitate aus einem Gedicht. Außer Dachdekkern habe ich aber noch niemanden auf einem Bahnhof stehn sehen. Die letzte Zeile lautet bei mir: ‚Wir helfen dir, zu bleiben, Freund.'

Auf das letzte, bei euch fehlende Wort lege ich großen Wert.

Aber Dank, daß ihr über das Treffen berichtet habt."

Peter Edel hatte fünf Konzentrationslager überlebt, darunter Auschwitz. Sein Geist war hellwach, sein Wesen das eines Künstlers. Aber seine Seele ist von Folter, Hunger und langer ständiger Todesnähe krank gewesen.

Er nannte sich Kommunist, aber er war weder Utopist noch Dogmatiker. Gespräch war für ihn Atem, Fortbewegung von den unerträglichen Erinnerungen.

Mit wem außer mir er geredet hat, ist allein seine Sache. Ihm zu unterstellen, er habe andere kleinlich denunziert, stammt aus einer schmutzigen Vorstellung, über die er sich vielleicht aufgeregt hätte, aber ich bin mir nicht sicher. Es hätte auch sein können, er tut das mit einer Bewegung seiner ungewöhnlich schönen Hände einfach ab.

Wer war dieser Peter Edel? Ein Knabe, der mit dem silbernen Löffel im Mund geboren wurde, jüdischer Herkunft nach dem Vater, Ostpreuße nach der Mutter, später Mischling genannt. Fabrikantensohn war er, Künstlerenkel, schön, gesund, verheißungsvoll talentiert. Er hatte Glück bei seiner Geburt.

Bis zum Jahr 1933, dann war er versippt, undeutsch,

entartet. Er mußte die Schule verlassen, durfte keine öffentlichen Verkehrsmittel und bald auch nicht mehr die jüdische Malschule besuchen.

Als Bürgersohn geboren, verlor er alle Bürgerrechte. Er wurde vogelfrei, mitten in Berlin, an das seine Familie durch so viele ehrenvolle Traditionen und Verdienste gebunden war. Hier waren sie Arzt gewesen, oder Künstler, auch Besitzende und Privilegierte.

Peter Edel war zwölf Jahre alt, als die Nürnberger Gesetze vorbereitet wurden, die fast alle Mitglieder seiner Familie nicht nur die Menschenrechte, sondern auch das Leben kostete.

Zusammen mit Esther, die seine Kinderfreundin gewesen war und in der Not seine Frau wurde, ließ Peter Edel alle Traditionen hinter sich und widersetzte sich den neuen Zwängen, die ihn zur Hinnahme der Unwürdigkeit und zu stummem Leiden verurteilten.

Sie trafen sich mit linken Widerständlern, die ihnen halfen. So lernten sie Solidarität kennen, fügten aber zum Todesurteil wegen Herkunft noch das wegen Widerstand, indem sie Zettel klebten. Mehr haben sie nicht tun können, aber schon das war todesmutig. „Wer Bücher verbrennt, verbrennt auch Menschen ..."

Es war ihnen kaum Zeit gegeben. Beide fielen in die Hände der Gestapo, und wenn sie vorher glaubten, daß ihnen Schlimmeres als geschehen nicht mehr angetan werden könnte, so hatten sie nun einen Weg zu gehen, der kaum beschreibbar ist.

Sie wurden getrennt, und Esthers Leben endete durch medizinische Versuche in Auschwitz bei Mengele.

Peter Edel hat überlebt. Er war bei der Befreiung vierundzwanzig Jahre alt.

Bis dahin hatte die Hälfte seines Lebens aus Grauen bestanden.

Wer ihn kannte und das Glück hatte, sein Freund zu sein, muß einen Mann rühmen, der gerecht war, so unglaublich das auch klingen mag.

Unruhig war und blieb er, nur in der Bewährung erfaßte ihn immer wieder eine Besonnenheit, die seine Frau Helga verstand: Ein Zipfel Hering, ein Atemzug mehr, das war im Lager Überleben, und Überleben hatte er gelernt.

Im Lauf der Jahre tauchte in ihm wieder auf, was verloren schien. Seine Liebe zur Kunst, seine Noblesse, eine merkwürdige Heiterkeit und seine Treue zu Berlin.

Er hat sich auch der Zeugenschaft gegen Globke nicht entzogen. Wenn ich ihn einen der mutigsten Männer nenne, die mir begegnet sind, so meine ich damit, wie er umging mit Ängsten und unheilbaren Verletzungen.

Daß er bis zum Ende – trotz aller Einwände und Zweifel, über die er auch ebenso offen sprach – den Linken treu geblieben ist, war Erfüllung eines Vermächtnisses, eine Verpflichtung gegenüber den Kameraden, die nicht überlebt hatten. Er verdankte ihnen in äußerster Not kleine Hilfen beim Überleben, wie er sie anderen gab.

Aber als es um die Umbenennung des Kulturhauses in Weißensee ging, las ich in einem Interview mit Kurt Goldstein, dem Vorsitzenden des Auschwitz-Komitees, worüber Peter Edel selber nie mit mir gesprochen hatte: „Peter Edel ist ein sehr ehrenwerter Mann des Widerstandes, der eine außerordentlich positive Rolle in Sachsenhausen in diesem Sonderkommando hatte, in dem ja bekanntlich die Nazis ausländische Währungen fälschen ließen.

Ich war vor einigen Monaten bei unseren Kameraden der Auschwitz-Lagergemeinschaft in Prag. Und da hat mir der Kamerad Adolf Burger, der auch in diesem Kommando war und darüber ein Buch geschrieben hat, erzählt, welch hervorragende Rolle Peter Edel bei der Organisierung der Solidarität und bei dem Aufrechterhalten des Widerstandsbewußtseins unter den Kameraden gespielt hat."

Die Delegierung in jene Gruppe in Sachsenhausen war ein Himmelfahrtskommando. Von dort hatte niemand als Zeuge zu überleben, aber solange er leben durfte, mußte er weniger hungern und frieren, denn auf die Fälschungen internationaler Währungen wurde gewartet, dringend.

Alles, was damit und mit den anderen Stationen seines Lebens zusammenhängt, wünschte ich mir in den Händen junger Leser, die auf eine ganz eigen eindringliche Weise erfahren könnten, was es für ein junges Liebespaar in Berlin bedeutete, noch zu wohnen, sich noch lieben und noch heiraten zu dürfen, noch zu hoffen, und doch schon zum Tode verurteilt zu sein. Die inhumanen Gesetze sind auch anderswo nachzulesen, aber sie erzählen nicht das Leben. Edel hat geschrieben, wie das ist, „Wenn es ans Leben geht".

Während seiner Arbeit an dieser Autobiographie waren wir befreundet. Das ergab sich, weil wir in mehreren ehrenamtlichen Gremien gemeinsam herumsaßen. Da war er ein meist maßvoller, manchmal auch gewaltig in Zorn und Leidenschaft ausbrechender Mann, ein geübter Rhetoriker, gepflegter Herr, und auffällig war er immer. Das war eben so. Einmal habe ich über seine ungewöhnlich ausdrucksvollen großen Augen geschrieben, die nicht staunen konnten. Was immer man ihm erzählte, ulkigen Klatsch oder selbstironische Berichte, die wollte er mehrmals hören, möglichst wörtlich, aber seine Augen hielten ihren Blick, der ihnen auferlegt war in einem Moment, den wir nicht kennen.

Er wußte wohl, daß viele von uns, auch ich, ihm gegenüber ein nie abzutragendes Schuldgefühl hatten. Und ich wage zu denken, daß seine Frau Helga, die sich diesem Jungen am Ende des Krieges zuneigte, im schwierigen Zusammenleben mit ihm soviel mehr Geduld und Einfühlung, auch Dezenz nach außen aufbrachte, weil er kam, woher er kam. Er verehrte sie, war ihr tief dankbar und unlösbar verbunden, aber die Albträume blieben deswegen nicht aus, die Angst griff mit ihren scharfen Krallen in den unruhigen Schlaf beider, den er ihr oft unterbrach, wenn er mit der Taschenlampe in ihr Gesicht leuchtete, um zu sehen, ob es sie wirklich gab und ob sie noch neben ihm lag.

Sie hat das ausgehaltten, sie wußte von anderen Überlebenden, daß es ihnen nicht anders erging. Wenn Edel auch scheinbar wie ein gepflegter Gentleman mit tadellosen Manieren durch den Alltag ging, so schleppte er sich doch immer schwer durch die Nächte, und wenn Schreiben oder Zeichnen die vorübergehende Erleichterung von den verfolgenden Bildern war, so war er den Dämonen danach wieder ausgeliefert.

Wenn wir seine Zeichnungen heute betrachten, sehen wir sie auch als Gegenwelt aus einer Zeit und Umgebung, in der nichts Lebendiges mehr bewahrenswert schien. Und auch diese kostbaren Zeugnisse sind trotz Übergabe an ein Archiv gefährdet, denn wir leben neben einem Fließband, dessen Laufgeschwindigkeit wir nicht beeinflussen können, und das uns, wenn wir den Gedanken an Richtigkeit oder Nichtigkeit zulassen, manchmal foltern will wie ein regelmäßiger Tropfen auf der Stirn.

Wir werden geistig perfide unterhalten. Glück sollen wir empfinden, unangebrachte Erleichterung, wenn Abenteurer sich in der Wüste in die Hände von Abenteurern verlaufen haben und am Ende hat es den Steuerzahler viel Geld gekostet, aber die Entführten kehren gefeiert heim. Oder das Gefühl von Erhabenheit soll uns durchströmen, wenn Christo und seine Frau den Reichstag einpacken und dann doch stehenlassen.

Meine Familie schätzt Events eher nicht, ihre Bedeutungslosigkeit reißt uns nicht raus aus unseren Gedanken, aber die für uns ausgesuchten Nachrichten sollen uns den Eindruck geben, es ginge uns viel besser, als es uns geht, und wenn nicht, dann haben wir selber etwas falsch gemacht.

Das war in der DDR nicht viel anders.

Als wir ins Nebenhaus der Edels zogen, ergab das für ihn Erleichterungen. Ich war schnell nebenan, wenn er sofort ein Kapitel vorlesen wollte. So hatte ich bescheidenen Anteil am Werden seiner Autobiographie, sehr bescheidenen, denn er rief mich nicht, um einen Einwand zuzulassen und hat auch von meinen wenigen keinen bedacht, er wollte sich selber kontrollierend zuhören beim Vorlesen, und wenn Helga in ihrer eigenen Arbeit als Dramaturgin nicht anwesend war, dann kam ich in Frage.

In Zeiten seines Friedens hat er aus seiner unfreiwilligen Besonderheit seine eigene Unsterblichkeit gemacht. Er zeichnete also wieder, auch in Erinnerung daran, daß Käthe Kollwitz ihm verbotenen Unterrichtung gegeben hatte, ihr Porträt aus dem Gedächtnis, so wie das Gesicht von Esther.

Der Fernseh-Mehrteiler „Die Bilder des Zeugen Schattmann“ wird bei vielen Menschen in eindrucksvoller Erinnerung sein. Den gibt es noch, er könnte gespielt werden, aber daran ist zu zweifeln.

Mich hat es immer gewundert, daß dieser sensible, äußerst keusche Mann auch am Stammtisch lustiger Männer den Anlaß für Anekdoten lieferte, daß er dort herzlich lachte, wie Lothar Kusche und andere zu berichten wußten.

Es mußte der Krebs sein, der ihn besiegte. Nicht gleich, nicht so, wie prophezeit. Die beiden Bände waren nicht zu Ende geschrieben, und er hatte sich vorgenommen, mit Helga noch einmal nach Mauthausen zu reisen, dort war er bei Kriegsende befreit worden.

Nach Auschwitz hatte ihn niemand von uns begleitet. Er wünschte sich das, aber wir fühlten uns dieser Konfrontation, mit ihm an der Seite, nicht gewachsen, selbst Helga nicht, und von der holte ich mir den Mut, es auch abzulehnen.

Die Ärzte gaben ihm noch eine Woche, vielleicht zwei. Aber er hatte eben Überleben gelernt, und das half ihm. Er arbeitete sich aus dem Sterben heraus, beendete sein umfangreiches Manuskript, fuhr mit Helga nach Mauthausen, und sein langer qualvoller Abschied begann erst fünf Jahre später. Er konnte nicht loslassen, und die alte Erfahrung, Atemzug nach Atemzug, verlängerte seine Leiden, bis wir ihm Erlösung wünschten, auch wenn wir wußten, daß er uns fehlen würde.

Er bekam ein Staatsbegräbnis auf dem Pergolenweg, und Helga meinte, das hätte ihm gefallen. Aber es gab dort nur einzelne Gräber für herausragende Persönlichkeiten, denen sich später kein Angehöriger zugesellen durfte. Wer kann so begraben werden wollen? Da ist ja eine große Wiese weitaus persönlicher.

Jetzt, sagt Helga, ist das geändert worden. Nun wird sie einmal neben ihm liegen dürfen. Aber das mag noch Weile haben.

Wie sollen wir so ein Leben wie das seine für die Nachgeborenen als Beispiel bewahren? Bei soviel Banalität auf dem Bildschirm, unwirksamer Kunsterziehung, unterlassener Verbreitung einmaliger heroischer Beispiele?

Leben und Werk Peter Edels wären für die Nachgebornen brauchbar, oder sogar nötig, zur Formung ihrer eigenen Weltanschauung.

Was erzähle ich denn, falls mich jemand fragt? Er hat uns einmal eingeladen zu Mazze, wißt ihr, das ist Gebäck aus Wasser und Mehl, und es war der Tag des jüdischen „Laubhüttenfestes".

Ich müßte sagen, daß ich nicht weiß, woran Edel glaubte. Da ist er Victor Klemperer sehr ähnlich gewesen. Zur Kenntnis nehmen, darüber denken, „klären", wie es bei den Juden heißt, aber doch so unabhängig bleiben, wie es irgend möglich ist.

Er hat mit Katholiken, Juden, Journalisten, Politikern, und mit Menschen aus aller Welt gesprochen. Und wenn er gedacht hat, er könne Einwände erheben, sich einmischen in bedenkliche Gänge der Geschichte, so hat er es getan. Und wen geht das etwas an? Ich habe kaum einen diskreteren Menschen gekannt, und deshalb weiß ich nicht, woran er glaubte, oder woran er zutiefst zweifelte, und es tut mir bis heute weh, daß ihm sein letzter Wunsch von der Obrigkeit der DDR verwehrt wurde. Er wollte, daß bei seiner Trauerfeier der Rabbi Nachama aus Westberlin singt.

Ich habe ihn bei Edel kennengelernt, bei einer dieser unbegreiflich heiteren Vorabsprachen, wo sie sich mit dem da oben selber zu verabreden scheinen, so seltsam schwermütig und losgelöst von aller Bürde, wie man es aus den jüdischen Witzen kennt. Vielleicht sind sie deswegen so heiter, weil alles nur für den undenkbaren Fall beredet wird.

Der Rabbi, groß und schweren Leibes, hatte seine Frau mit. Lilly war groß und schlank, blond und blauäugig, aber nicht einfach nur mit blauen Augen im schön geformten Gesicht, sondern mit strahlenden klaren Augen, von tiefem Blau, unglaublich, fast kitschig blau. Sie sah aus wie eine germanische Göttin, aber wir haben ja keine Ahnung, wie die aussehen, wir wissen nur, wie sie dargestellt wurden. Ich konnte in mir den unziemlichen Gedanken nicht unterdrücken: Eine solche hat sich der Rebbe genommen? Eine Schickse, als Rache für alles, was die Nazis Blutschande genannt haben? Und so viel jünger als er, dachte ich. Edel hat gesagt, so erinnere ich mich: „Lilly ist eine Kameradin aus Auschwitz. Eine sehr gute Kameradin."

Helga sagt, Lilly war als Zwangsarbeiterin in derselben Fabrik wie Esther. Wahrscheinlich sind die beiden Frauen auch mit dem gleichen Transport nach Auschwitz gebracht worden. Lilly überlebte. Sie kann demnach kaum jünger sein als Edel, sie sieht nur so hinreißend alterslos aus.

Wohin mit all dem, was wir denken, bei einem solchen Staatsbegräbnis. Neben Helga nehmen wir die

Worte des Beileids entgegen, denn Edel hatte keine Angehörigen mehr.

Am Grab Kaddisch zu sprechen, sollte in der DDR unterlassen werden. Mein Mann hat sich so postiert, daß die Platte nicht aufgelegt werden konnte, ehe Dr. Peter Kirchner gemeinsam mit seinem Sohn die Trauerworte gesprochen hatten. Daß an Edels Grab der Rebbe Nachama singt, wurde auch nicht erlaubt. Die Bezirksleitung der SED in Edels närrisch geliebtem Berlin hat das untersagt.

Ich bezweifle, daß es eine Verordnung oder gar ein Gesetz gegeben hat, welches Kaddisch und den Gesang eines Rabbiners am Grab eines jüdischen Linken verboten hätte.

Nicht gleich am Grab, sondern erst ein paar Tage später wurde der Karl-Marx-Orden wieder abgeholt, jener aus dem wenig edlem Metall, von dem nur etwa hundert Stück geprägt und im Todesfall wieder eingesammelt wurden, um dem Nächsten verliehen zu werden.

Noch immer empfinde ich, daß wir ihm etwas schuldig sind – die Weitergabe unserer Kenntnis. Das ist aus dem Vertrauen der Opfer erwachsen und kann nicht abgetan werden. Aber Großartiges ist jetzt nicht zu leisten. Wenn ich bei einem Basar oder in einem Antiquariat seine Bücher sehe, kaufe ich sie zu beschämend niedrigem Preis und verschenke sie an junge Leute.

Wenn es angebracht ist, eilen wir herbei, aber wir sind immer weniger, das macht das Alter. Die Reihe der in diesem neuen Deutschland Geschmähten ist inzwischen erbärmlich lang. Wer ist der nächste?

Wenn wir das Mögliche tun, können sie in der Erinnerung und also im Lebendigen bleiben.

Er hatte wieder Angst, bis an die Grenzen der Hysterie, vor den neuen Nazis, mit deren Aufkommen seiner Meinung nach zu unwirksam umgegangen wurde.

Auch das war nicht abzutun, und durch seinen Tod ist ihm auch anderes erspart geblieben.

Am 7. Mai 1983 ist er gestorben, und ehe wir trauerten und ehe ich ihn oft vermißte, haben wir ihn erlöst gesehen von all den unerträglichen Schmerzen.

Wie er mit dem Jubel um die Vereinigung von Ländern, die sich eigentlich auch früher nicht leiden konnten, umgegangen wäre, das muß ich mir nicht vorstellen. Verdrängung ist auch ein Menschenrecht. Wie die Treue, eine eben nicht sehr populäre Tugend.

Edel hat genügend zurückgelassen, das könnte sich einmischen. Freund, wo wir können, wollen wir dir dabei helfen.

In der Zärtlichkeit des Alters
hab ich Neues auch erfahrn
doch es schmerzen frühe Narben
und noch immer glühn die Farben
wo je Schmerz und Farbe warn

In der Zärtlichkeit des Alters
bin ich alles, was ich war
gebe kaum etwas verloren
raff mich auf, wie neu geboren
mancher Eitelkeiten bar

Anders deutlich seh ich mich
unterm Abendlicht im Spiegel
auf das Herz fällt immer noch
Liebe als ein heißes Siegel

Nein, ich lach nicht über mich
keine Dummheit sei vergessen
und nicht eine Liebe
die wird immer noch
nach gleichem Maß gemessen

Leni – eine alte böse Geschichte

Mein Gedächtnis und ich, wir haben eine Vereinbarung getroffen. Es liefert mir nicht mehr jeden Begriff und jeden Namen sofort. Vielleicht war das nie viel anders, aber es fällt mir jetzt auf, weil ich manchmal nicht weiterkomme, ohne diesen Begriff, der an eine bestimmte Stelle will. Um dem abzuhelfen, gebe ich eine Art Umschreibung ein, und nach einiger Verzögerung kriege ich das Wort, das ich suche. Popocatepetl fällt mir immer ein, aber dieses Wort habe ich noch nie gebraucht.

Wenn ich ihren Namen suche, kann ich lange warten. Mein Kopf rückt ihn nicht raus. Jetzt müßte ich wieder aufstehen und nachsehen, dabei ist es kein besonders schwieriger Name, eher ein simpler, aber ich verdränge ihn, wie die ganze Frau, ihr Leben, ihr Werk, ihre Unbelehrbarkeit.

Vor kurzem hat sich die alte Sekretärin von Hitler milde und staunend im Fernsehen darüber geäußert, daß sie selber, jenes junge Ding damals, keine Ahnung von Verbrechen hatte, daß sie sich doch wundert, daß sie früher nicht hingeguckt hat, nicht so, wie jetzt beim Fernsehen.

Das schon, diese Vorgeblichkeit, ist schwer zu ertragen. Im Film „Untergang" dann, attraktiv besetzt und mit weiblichen Tugenden einer guten Sekretärin ausgestattet, eine kinderliebe Person, die mehr als das Nötige tut und weniger als das klar vor den Augen liegende sieht, die sich davor scheut, aus eins und eins die Summe zwei werden zu lassen, wurde es zur Freisprechung und Klitterung. Die von damals aus dem Führerbunker wirkt in der Dokumentation gut versorgt, sicher kriegt sie eine sehr gute Rente, und ihr ist jeglicher Spießrutenlauf erspart geblieben.

Ich will mich Leni zuwenden, sachlich, so hoffe ich,

ihr auch Tragik zuerkennend, und sie ihr zugleich als Summe ihres Lebens absprechen.

Die Rechten haben nie die große Kunst auf ihrer Seite gehabt. Rechne ich Benn dazu, so sind seine abscheulichen nazifreundlichen und judenfeindlichen Artikel in unverständlicher erster Begeisterung, Anfang der dreißiger Jahre, durch riskante Rücknahme und lebenslange Reue zwar nicht abgegolten, aber es gibt ein Gegengewicht. Sogar Thea Sternheim hat ihm verziehen und sah ihre Freundschaft zu ihm nur unterbrochen durch seinen Anfall von Irrsinn, danach blieben sie sich zugetan bis zu seinem Tod, die Freundschaft wurde geflickt und gepflegt.

Große Künstler haben die Rechten nie auf ihrer Seite gehabt.

Obwohl: Sie müssen, wie jede Bewegung, in ihren Reihen Talente gehabt haben, aber aus denen konnte nichts werden. Speers Größenwahn geriet nur zur Gigantomanie, und zum Glück fiel auch ihm das Ende Großdeutschlands in den Arm, ehe er alle seine inhumanen Machwerke verwirklichen konnte. Der Bildhauer Kolbe war auch nicht ohne Begabung, aber auch bei ihm reichte es nur zu falschen Dimensionen, riesigen unmenschlichen Halbgöttern, der arischen Rasse zum Ruhme.

Viel mehr Namen wollen mir nicht einfallen, denn wer noch genannt werden könnte, hat abgebüßt, abgeschworen, durch sein Leben danach glaubwürdig gemacht, daß die spätere Erkenntnis schwerwiegend war. Und über die Ausnahme Ernst Jünger ist schon zu viel gedeutet worden.

Leni ist hundert Jahre alt geworden und hat nichts begriffen, nichts begreifen wollen, sie hat sich jedem Fakt, jedem unleugbaren Beweis verschlossen.

Und dennoch ist auch das mit der Leni Riefenstahl nicht so einfach.

Man sagt, sie gehört zu den umstrittensten Künstlern des zwanzigsten Jahrhunderts.

Der Begriff Künstler ist ihr nicht abzusprechen. Sie war begabt, sogar eine hochbegabte Person, geniale Inszenatorin von fragwürdigen Bildern, die sich als Bildregisseurin genau dem ergab und genau das schuf, was die Naziideologen behaupteten: Nur das Gesunde ist schön, Masse an sich ist ein Beweis für Thesen, der Mann ist der geborene Kraftprotz, erst zum Sportler und wie dann erst zum Soldaten geeignet. Die Frau umso geeigneter als Herdhüterin und Gebärende. Je weniger sie sich von ihrer Natürlichkeit entfernt, umso sinnvoller ist sie als Gefäß für den Körper des Mannes und für das Kind. Als ungeeignete Person darf sie bis zur Erringung einer Medaille, wie die Olympiasiegerin Helene Mayer, Leichtathletin und blonde Jüdin mit langen Zöpfen, mitmachen. Die durfte sich zum Beweis grenzenloser Weltoffenheit der Nazis auf dem Siegerpodest zeigen und feiern lassen, bis die Ausländer wieder abgereist waren. Dann erging es ihr wie sechs Millionen anderer jüdischer Europäer.

Leni R. war zum Zeitpunkt der Machtübernahme Hitlers eine junge Frau Anfang Dreißig und außergewöhnlich schön. Sie hatte die Kraft, Berge zu besteigen und solche als Hürde für sich zu überwinden. Das Auge für die Kamera war ihr gegeben.

Bis zum heutigen Tag wurde sie, besonders in Amerika, immer von ihren Machwerken getrennt, weil die in sich perfekt waren, gewagt sogar. Welch kühne Perspektiven, wieviel Kraft und Schönheit jenseits des Alltags, welch ein bildnerischer Rausch für den Triumph des Übermenschlichen im Jugendalter der Sterblichen, weit entfernt von allem Kranken, Alten, Hilfsbedürftigen.

Die Riefenstahl war ein Alpha-Wesen, sie konnte Befehle erteilen, und konnte sich, nicht immer selbstverständlich bei Künstlern, ihren Mitarbeitern mitteilen, sie auch sehen lassen, was sie selber sah, und diese Mitarbeiter mehr leisten lassen, als jeder für sich gekonnt hätte.

Sie war skrupellos. Was es kostete, solche bombastischen Huldigungen für die Nazis zu drehen, interessierte sie nicht. Sie wurde ja verehrt und bestärkt auf ihrer Suche nach einer einzigartig heilen Welt, die es sicher so nicht gab, aber sie konnte sie im Film erstehen lassen, als gäbe es sie und sie wäre die Medizin gegen die Bedrohung der Nation.

Was ihren Filmen über den Parteitag in Nürnberg oder die Olympiade in Berlin wirklich entnommen werden konnte, war die satanische Auslegung einer Kraft, die ausreichen würde für einen neuen Krieg. Die auf der Leinwand, das waren die kommenden Sieger, Gegenbilder der Untermenschen, die nicht nur zu besiegen, sondern auch auszurotten waren, um diesem herrlichen gesunden Volkskörper jenen Raum und jene Macht zu geben, die ihnen die bösen Mächte anderer Rassen und imperialistischer Sieger bislang vorenthalten hatten.

Zu kurz gekommen bei der Verteilung der Kolonien, und dann noch einen Krieg verloren, o herrliche neue Generation, die all dies rächen würde.

Es ist nicht zu hart, es trifft nur nicht, sie „Schmierfilmerin" zu nennen.

Gerade im Zwiespalt zwischen dem künstlerischen Talent und der menschenfeindlichen Ideologie liegt die zunächst blindmachende zwingende, nahezu antike Überredungskraft ihrer Bebilderung, etwa im „Triumph des Willens" aus dem Jahr 1935.

Sie hat es geleugnet, aber ich glaube, daß sie Sinti und Roma aus einem Konzentrationslager holte und sie für einen ihrer Filme mißbrauchte, um sich anschließend nicht mehr um diese ins Lager zurückgeschickten Menschen zu kümmern.

Ihr Pathos war nicht harmlos, nicht nach dem Verlassen des Kinos einfach abzutun. Es war Kitsch, aber einer der gefährlichsten Sorte, denn er überzeugte den mickrigsten Zeitgenossen, er sei wer, zumindest in deutscher Menge, er sei so, wie er am liebsten sein wollte. Einer, der anderen was zu sagen hatte, sie schikanieren konnte, fertigmachen, in der Konsequenz: töten.

Mit dieser Lossprechung von kommender eigener Schuld sind die deutschen Soldaten dann in den Krieg gezogen: sie sollten es den anderen endlich zeigen.

Die Riefenstahl war ein Monster an Begabung und Skrupellosigkeit. Sie hat etwas geschaffen, was es vor ihr nicht gab: die monumentale Selbstverherrlichung, die Aufhebung der Unzulänglichkeit des einzelnen durch den Ruhm der Nation, die sich aus der Erniedrigung erhob und zur Rache ausholte. Eine solche Frau brauchte Hitler. Als Zeichner ein Stümper, in Wien mit seinen Versuchen deutlich abgewiesen, traf er sich mit ihr im Geschmack. Wie mit Speer: Das Ordinäre ins Hymnische erhoben.

Er hat sie benutzt und fühlte sich glänzend bedient, er gestand ihr jede Extravaganz zu, jede Dimension, ob es um Menschen oder um neue Apparate für ganz neue Bilder ging. In welcher Art außer mit ihren Götzendiensten im Film sie ihn bediente, das ist nie geklärt worden. Es würde am Ergebnis nichts ändern, aber wenn sie, die frühere Tänzerin, wie die Fama behauptet, in Schleiern nackt vor ihm getanzt hat, dann wäre zweierlei möglich: Sie war von ihm so fasziniert wie er von ihr, oder sie war so unmoralisch, wie es ihre Aufschreie der Lust in Bildern von diesem wunderbaren Nationalsozialismus vorführen.

Der Rang einer Künstlerin ist ihr auch deswegen nicht abzusprechen, weil das die teuflische Dimension ihrer überwältigenden Darstellungen abschwächen würde. Die Riefenstahl hat nicht eine existierende Welt abgebildet, die es in solcher Vollkommenheit ja nicht gab. Es gibt keine Welt der vollkommenen Körper und der unglaublichen totalen Hingabe an eine Idee. Nur bei Sekten, bei abartigen Gehirnen, nur bei Verbrechen.

Viele kleine Leute in Deutschland lechzten nach Beweisen dafür, daß ihre bis dahin unerträgliche soziale Lage einen begeisternden Aufschwung erfuhr, dem sie nur zustimmen mußten. Sie kriegten Arbeit und wurden von Steuern freigestellt, das bis dahin unbekannte Wort Urlaub gelangte zur Blüte und führte schließlich mit „Kraft durch Freude" auf getarnte Kriegsschiffe, die begeisterte Reisende als solche nicht erkannten.

Die Riefenstahl machte Hitler zu ihrem Werkzeug, er sie zu dem seinen.

Es gefiel ihm, den sie immer „Mein Führer" nannte, daß sie vom Ausland mit Preisen hochdekoriert wurde. Welch seltsames Einverständnis damit, daß sie die beiden Olympiafilme kultisch und antik, also eigentlich menschenfern inszeniert hatte.

Die Amerikaner verstehen bis heute nicht, was wir an ihr auszusetzen haben. Es gab doch vorher „Metropolis", auch Kitsch, mit gewisser Ähnlichkeit. Wir haben an ihr auszusetzen, daß sie ihrem unbestreitbaren Talent das Böseste antat: Es zur Lobpreisung einer inhumanen Ideologie zu mißbrauchen.

Ich habe die beiden Bände ihrer Autobiographie gelesen, wollte überprüfen, was im Zettelkasten meines Hirns über sie lag: Nazisse, blödes Frauenzimmer, schuldbeladen, ohne spätere Einsicht. Und da gab es nach dem Krieg noch wunderbare Aufnahmen unter Wasser und Fotos aus familiären Situationen in Afrika.

Aber zunächst gab es ja, selbst für die Riefenstahl, einen gewaltigen Zusammenbruch. Und wenigstens im Ansatz, wenigstens vorerst, die Frage nach Schuld und Mitschuld.

Sie hatte nicht getötet, nicht direkt, sie hatte nur den Sieg des Stärkeren über den Schwächeren als naturgegeben gepriesen.

Was ihre Große Zeit im deutschen Reich angeht, da läßt sie es in ihren Aufzeichnungen bei blinden Stellen. Sie widerspricht jeglicher Anschuldigung und behauptet Zusammenhänge, die unglaubwürdig sind. Wie sie ihre Begegnungen mit Hitler erzählt, können die nicht gewesen sein. Schon deswegen nicht, weil es ihr immer um Großes ging: Großes Geld, große Menschenmassen, Reisen, große Projekte. Wer wäre da so ruhig und überlegen, so bescheiden, bei gleichzeitigem leicht ironischem Umgang mit dem „Führer", wie sie es behauptet. Sie brauchte Taktik gegenüber einem pathologisch launenhaften Mann, und sie konnte manipulieren. Das tut niemand nebenbei, da lügt sie, und sie lügt eigentlich immer.

Sie verlangte von niemandem mehr Anstrengung als von sich selber, und insgesamt kann man sagen, sie gab einen hart arbeitenden Kerl, der sich nie schonte.

Und sie war intelligent. Umso dümmer, daß sie nahezu verzweifelt beteuert, sie sei nie politisch gewesen, habe daran gar kein Interesse gehabt.

Vieles an den Zugeständnissen, die Hitler ihr im voraus machte, läßt sich nur als Gunstbeweis erklären.

Das nun erweitert in Deutschland eine politische Schuld um eine moralische Dimension. Wäre Röhm samt Kameraden erschossen worden, wenn er nicht Männer bevorzugt hätte?

Vielleicht hat sie mit Hitler auch Sexspiele gehabt, vielleicht hat sie ihm Filmchen gedreht, die seiner abstrusen Männlichkeit aufhalfen?

Dieser Aspekt ist für die Geschichte gänzlich uninteressant, aber es ist zu bedenken, daß die fünfziger Jahre mit einer Aufpolierung der Moral protzten, da sollte Verbrechen an der Menschheit durch neue Sauberkeit destilliert werden. Sex ist heute freigegeben zu jeglicher Darstellung, aber damals war das eine muffige dustere Welt, in der nicht einmal Liebespaare ein Vokabular für das besaßen, was sie miteinander taten.

Im Zusammenhang mit der Riefenstahl wäre der sexuelle Aspekt nicht immer wieder als interessant hochgeholt worden, wenn sie nicht so ein schönes Weib gewesen wäre, so kraftvoll, auch ein wenig androgyn, aber doch eher durch die Aufmachung, im Abendkleid sah diese Person genau so aus, wie ein Weib nach der damaligen Mode aussehen sollte.

Vor ein Gericht ist sie nicht gekommen. Aber nach ihren Aufzeichnungen ist kaum einem Menschen soviel Ungerechtes widerfahren wie ihr. Man hat ihr das Geld weggenommen, ihre eigenen Verwandten, vorher Nutznießer, haben sie in idyllischer Gegend von der Schwelle gewiesen, kein Arbeitsantrag, der ihr nicht abgelehnt worden wäre. Also, dreist zusammengefaßt: Die Welt hat an Leni Rache genommen, weil Hitler tot war. Arme Leni. Kein unerschöpfbares Konto mehr, dafür Anzeichen von Ächtung, jedenfalls ein für sie unerträgliches Splitting in der öffentlichen Anerkennung und Ablehnung.

Bei der bedingungslosen Kapitulation der Deutschen war die Riefenstahl gerade 43 Jahre alt. Da auch sie über keine hellseherischen Fähigkeiten und ohne Kamera nicht einmal über einen besonders scharfen Blick verfügte, konnte sie nicht wissen, daß sie bis dahin nicht einmal die Hälfte ihres Lebens hinter sich hatte.

Ihre Arbeit hat Verbrechen begünstigt. Daran ist nicht zu zweifeln. Es hilft auch nicht, ihr zuzugestehen, daß sie filmisches Neuland betreten hat, das andere später zu edleren Zwecken als Anregung nahmen.

Andere aber haben Verbrechen nicht nur begünstigt, sondern begangen. Es sind nur wenige in Nürnberg wegen Verbrechen gegen die Menschlichkeit hingerichtet worden

Was tat es seiner weiteren Karriere, daß Heinrich Lübke am Bau von Konzentrationslagern beteiligt gewesen sein soll? Andere waren Befehlsgeber über Leben und Tod gewesen, hatten im Einzelfall sogar nach der Kapitulation noch vollstrecken lassen. Das alles weiß die Welt, weiß man in Deutschland und sucht es zu vergessen, umzudeuten, in die Zeit der Dinosaurier abzuschieben.

Nicht so die Untaten von Rosa Luxemburg und Karl Liebknecht, gar Lenin, aber man kommt mit der Einordnung in „trotz allem verdienstvoll“ oder „schuldig“ ganz gut zurecht.

Zumal die Zeit hilft. Der zweiundneunzigjährige SS-Geiselerschießer stirbt dann doch endlich, da muß der dreißigste Widerspruch vor dem noch immer ausstehenden Urteil nicht mehr auf dem Richtertisch liegenbleiben.

Männer, die sich in ihrer Jugend geirrt haben – natürlich haben sie dabei auch Nützliches gelernt –, bevölkern noch immer die Politikerbänke, verschönern die Spitzen der Wirtschaft, und die meisten von ihnen sind, hohe Entschädigung wegen der auch sie betreffenden nationalen Niederlage, persona grata.

Die Riefenstahl war ein Weib, ein irgendwie zweifelhaftes Individuum sowieso.

Ich weiß nicht, ob ihr die Absolution oder eine zweite Chance zuteil geworden wären, wenn sie sich einmal nachdenklich über ihr erstes Leben geäußert hätte.

Sie hat aber nach dem Krieg niemals ein Wort der Einsicht oder des Bedauerns geäußert, nicht einmal zugelassen, daß andere versuchten, mit ihr über Schuld und Mitschuld zu reflektieren.

In Deutschland mißlang ihr jeder Versuch, ihren Beruf wieder auszuüben. Oft in weit vorgerückten Stadien ihrer Vorarbeit wurde ihr die Arbeit unmöglich gemacht.

Das kann kein Zufall sein, so viel Mißlingen kann ein einzelner Mensch nicht auf sich ziehen. Auch das vermochte sie aber nicht aus ihrer starrsinnigen Überzeugung eigener Unschuld aufzuwecken. Es ist anzunehmen, daß sie einen Mantel aus lauter geschichtlichem Stoff und Verhängnis genäht hat, den sie über alles zu breiten wußte.

Vielleicht, ein unziemlicher Gedanke: War das den Männern eigentlich Unverzeihliche der Verdacht, sie könne doch mit Hitler geschlafen haben.

Für die Weltgeschichte wäre dies das Unwichtigste, dem männlichen Denken aber vielleicht noch immer das eigentliche Tabu.

Wie ist es zu erklären, daß dem Antisemiten Richard Wagner, ein nachträglicher nützlicher Helfer der Nazis, sein Artikel über die Juden in der Musik nachgesehen wird? Weil er so ein großer Künstler war?

Da wird viel Analyse bemüht, bis es fast so scheint, als habe er das Gegenteil gesagt. Welche Einfühlung in den Komponisten Pfitzner, welches Mitgefühl für Furtwängler, der nicht sofort wieder ans Pult eilen durfte.

Mit kühler Hochachtung sehe ich, daß die Unterwasserfotos der Riefenstahl einmalig sind, wunderschön. Und die Fotos der schwarzen Menschen, mit denen sie wegen der Dokumentation gelebt hat, erinnern mich an jene weltberühmte Sammlung „Family of men".

Wollte sie damit Abstand nehmen von sich selber und ihren Irrtümern der Jugend und von dem, was sie der Kunst angetan hat mit ihrem Können und dessen verbrecherischer Nutzung? Ich weiß es nicht. Männer, wenn sie mehr sind als Durchschnitt, werden immer aus ihrem Werk erklärt. Das wird dieser Leni nicht zugestanden.

Es wäre auch jedes mildernde Wort unpassend. Sie ist hundert Jahre alt geworden und sie hätte dazu beitragen können, daß man Nachwachsende vor den Folgen scheinbar unpolitischer künstlerischer Betätigung warnt, die der Eitelkeit des Talentes soviel Raum läßt und keine Verantwortung mit sich zu bringen scheint.

Vielleicht war Mata Hari eine unschuldig Plappernde. Sie ist hingerichtet worden. Madame Bovary hat bei Flaubert auch zu sterben, so jung, beweint, aber schuldig. Und Effi Briest, oder Anna Karenina? Die sitzen alle in einer ganz besonderen Hölle. Weiber, die mit den falschen Männern geschlafen haben.

Wie unschuldig waren sie im Vergleich. Hundert Lebensjahre geben viel Raum für wenn auch späte Einsicht und Reue, diese unbequemste aller Empfindungen. Leni Riefenstahl hat nichts davon aufgebracht.

In zehn Minuten werde ich ihren Namen wieder vergessen haben.

Alles ist gut geworden

Wer das schafft, ist zu bewundern. Solch Kompliment ist vielleicht zu dick aufgetragen, aber Respekt erweisen wir ja auch, um andere dazu zu ermutigen, solche Ehrung wäre für sie auch noch immer erlangbar.

Sie ist nun trocken, nachdem sie etwas mehr als zwei Jahrzehnte eine Trinkerin gewesen ist. Da haben die Angehörigen viel mitzutragen. Schwer, mit einem solchen Menschen zu leben, von dem die Öffentlichkeit ein schönes Bild bekommen hat, das als Autogramm begehrt wurde, immer noch wird.

Sie war jung, unglaublich hübsch, und sie bekam durch Zufall ohne Ausbildung eine Hauptrolle, in der sich ihr noch spielerisches Talent aufblühend zeigte. Es war der Erfolg zweier junger Frauen, denn der Film war so besonders nicht und hatte auch noch eine fragwürdige Aussage: Partner mit Abitur brauchen einander, und nur sie finden sich in Liebe, Prolet, suche deinesgleichen.

Erfolg ist schon was Schönes, und trägt erst einmal, auch das weiß man, und wenig später war sie, noch immer ein junges Mädchen, am Theater und gleich in der Hauptrolle.

Früher Ruhm überfordert, und weltweit unterliegen die Begabten den Süchten, denn sie verlieren die Ruhe, die auch sie brauchen würden, um im Gleichgewicht zu reifen. So eine schöne junge Frau hat auch ein Recht auf den falschen Kerl, den findet sie, einmal, mehrmals, aber was sie nicht hat, ist die Zeit, das rauszuheulen, zu bedenken und in Ruhe Erinnerung werden zu lassen.

Immer wieder lesen wir davon, wie die reichen, überforderten Newcomer und Oldies erst ein Vermögen ausgeben für die Sucht und dann noch eins, wenn sie in Sanatorien Heilung suchen, vorerst auch zu finden scheinen. Wenn wir sie wiedersehen, Leinwand oder Bildschirm, scheinen sie uns fast ohne Spuren davongekommen zu sein, sie haben die Magie noch, diese Masse an Kraft, die es braucht, um die Masse Publikum zu bändigen und zu begeistern.

Das alles, sagen wir uns zum Trost, findet in solchen Dimensionen weit weg statt, in anderen Erdteilen. Es ist der Preis, den Elvis gezahlt hat, die Minelli, Kate Moss und andere entzückende Menschen wie Whitney Huston, denen wir schöne Stunden verdanken, die sie, so reich, so verwöhnt, so ruhelos unterwegs, zerrissen und oft auch zerstört, zu hoch bezahlt haben.

In Deutschland ist alles nicht so schlimm, denn die Drogen greifen zwar um sich, aber Alkohol ist zugänglicher und billiger, auch nicht so strafbar.

In Berlin gibt es ein sehr verdienstvolles Druckerzeugnis: „Trokkenpresse" genannt, es lohnt sich, das zu lesen oder dafür zu schreiben, und ergreifend sind die Interviews mit den Betroffenen. Die ehrenamtlichen, sehr offenen, nichts beschönigenden Macher des Blattes wissen um die Relation ihrer Bemühungen, und einige von ihnen sind selber durch die Hölle gegangen. Mag sein, daß die Arbeit für andere sie am stärksten von neuen Versuchungen abhält, aber ich wünschte dem Blatt mehr Beachtung und Verbreitung, weil es in ihm keine falsche Belehrsucht gibt, und weil ich Vernünftigeres über das traurige Thema Abhängigkeit nicht kenne.

Beschenkt zu sein mit einem Talent, das in stiller Zurückgezogenheit nichts bewirkt und sich nur in der Öffentlichkeit gänzlich entfalten kann, das bringt in den empfindlichen Organismus des Menschen zu viele Sternstunden und Höllenwege, so viel Auf und Ab, solche Zerreißproben für die Nerven, daß der Trost einer Hand auf die Schulter, einer Umarmung, einer „schönen Tasse Tee" nicht ausreicht, nicht auf die Dauer und nicht wirklich. Wenn Worte etwas ausrichten könnten, dann müßten Versäumnisse von Angehörigen oder Freunden angemahnt werden.

Aber kein Wille von außen hilft, wenn der Schalter im Kopf nicht umgelegt wird. Ich habe nicht nur meinen Bruder zugrundegehen sehen. Ich kenne die Stadien und habe einen Arzt sagen hören: „Nur noch eingießen, damit es schneller geht, das ist die einzige Hilfe." Habe es nicht geglaubt. Mich einmischen wollen, mich aufgebäumt und stand da, belogen, hintergangen, ausgetrickst.

Wenn der Künstler heute am Abend versagt, ist es für ihn wie der Tod. Dann wird er wieder losgehen, um Erleichterung zu suchen. Oder wenn die da unten nicht klatschen, sondern auf den Händen sitzen oder wenn sie mich in unerträglicher Stille absaufen lassen. Wenn ich machen kann, was ich will, und die Magie entsteht nicht – das spielen sie hinter dem Vorhang durch, das ahnen sie voraus, bis der erste Beifall sie erlöst, oder vor der Kamera, wenn der Regisseur das erlösende Wort „gestorben" ruft. Wenn der Beifall in Triumph umschlägt, dann ist das Nachher auch allein nicht auszuhalten, es muß mit anderen geteilt werden, geteilt bis zum Umfallen.

Lampenfieber ist ein schreckliches Leiden. So stand ich einmal, nach dem Erdbeben in Armenien, neben Inge Keller vor den Garderoben. Neben dieser großen Schauspielerin, die ich als Iphigenie im Theater oder als Frau Petershagen im Fernsehen und so viele Male als geniale Beherrscherin der deutschen Sprache bewundert hatte.

Wir wollten helfen, und ich war gebeten worden, einen Abend zu moderieren, dessen Erlös in Decken und Medikamente umgewandelt noch in der Nacht auf den Weg gebracht werden sollte.

Es gab noch keine Handys, kein Fax, wir hatten nur das gute alte Telefon und Telegramme. Aber im Lauf des Abends trafen sie ein, die Schauspieler nach der Vorstellung, die Rockgruppen von ihren Auftritten auch weither, und wer frei hatte, kam – es war einer der Abende, die ich noch in meinem letzten Augenblick wissen könnte. Es ging um die Sache, und für Lampenfieber hatte ich keinen Atemzug Zeit, weder für Dramaturgie noch für die Ausstattung der Bühne.

Der Abend brachte uns 192000 MDN, und wir haben ihn mit weniger Pannen bewältigt als bei gewöhnlichen Veranstaltungen.

Inge Keller hatte einen entzündeten Ischiasnerv, kam aber trotzdem. Sie war, auch dabei noch ganz Dame, langsam an der Wand hinuntergerutscht und saß auf der Erde, so hielt sie es noch am ehesten aus.

In der Hand hielt sie ein Blatt, auf dem standen die Verse eines Gedichtes, das sie auf der Bühne vortragen wollte. Ihre Hand zitterte mit dem Blatt, aber das kam nicht vom entzündeten Nerv, sondern vom blanken, entsetzlichen Lampenfieber. Ich stand neben ihr und hatte Mühe, meine Verwunderung nicht zu zeigen. Das Gedicht „Vermächtnis" von Paul Wiens konnte ja fast jeder auswendig, es wurde in der Schule „durchgenommen", sie selber, die große Keller, hatte es sicher schon oft gesprochen ... „dies sei unser Vermächtnis/ ein gutes, ein scharfes Gedächtnis", das spricht sich von Anfang bis zum Ende fast von allein, und sie, die große Frauenrollen von Shakespeare und Schiller auf der Bühne gestaltete, litt nun wegen zehn Zeilen vom Blatt unter diesem Lampenfieber, von dem mir Tamara Danz gesagt hatte, ohne drei oder vier Doppelte würde man sich überhaupt nicht raustrauen und so loslegen.

Das Lampenfieber hat man, oder man hat es nicht. Es gibt kein Mittel dagegen, aber es ist eine gängige Begründung für Schädigung des eigenen Körpers.

Das ist auch wieder zu einfach. Ich habe im Gefängnis Rummelsburg, dank Perry Friedman und dem Genossen Freiherrn von Winterstein-Wangenheim fast ein Jahr lang mit Strafgefangenen an einem Programm gearbeitet, das wir auch hätten lassen können, denn zum zwanzigsten Jahrestag der DDR wurde ich ohnehin, ein Weib zuviel im Bau, wieder entfernt, und die Sache kam zu keiner Aufführung.

Die Männer hatten Lampenfieber, nicht alle, aber die meisten.

Ist dieses Fieber, diese Angst vor Versagen genetisch? Ich weiß es nicht, aber ich habe sie oft genug beobachtet, diese sich unerträglich verdichtende Atmosphäre aus diszipliniert unterdrückter Hysterie, unkollegialen Ausbrüchen, unterbrochen von Euphorie oder noch drei Schlucken Trunkes oder Tropfen. Endlich raus, endlich mein Herz darbieten und dieses Glücksgefühl erleben, dieses, das jeden Rausch fad erscheinen läßt: Du kriegst sie, sie lächeln, lachen, hören zu. Da werden die meisten Künstler ganz andere Menschen, andere als vorher in der Garderobe. Zwei Minuten nach Beginn fällt alle Last von ihnen ab, sie werden frei, können schweben, fliegen, sie treten aus sich heraus und was heißt Lampenfieber.

So war es auch bei Inge Keller. Der Beifall für sie dauerte länger als der Vortrag ihres Gedichtes. Aber da stand sie, stolz, aufrecht, der Schmerz hatte sich verfatzt, sie guckte die Leute im dunklen Saal an, als könne sie jedem einzeln in die Augen blicken, und als sie mit geradem Rücken ging, war sie die, die wir bewunderten.

Auch sie hat das Deutsche Theater verlassen, sie spielt nun als Gast, eine der ganz Großen, die ihren Preis zu zahlen hat dafür, daß sie im falschen Land ihr Bestes gegeben hat.

Auf der Bühne über Tod und Leben zu spielen, fordert den ganzen Menschen, holt ihm, schmerzhaft, auch all sein Privates heraus. Das leugnen große Schauspieler nicht. Ich nehme da viel von mir, sagt Dustin Hoffmann, ich weiß, der läßt sich nicht gern anfassen, also nehme ich ihn dauernd in die Arme und berühre ihn. Das mache ich im Leben auch, ich muß es als zu mir gehörend fühlen, sonst kann ich die Figur nicht spielen.

Sie ist nun trocken.

In zwei deutschen Staaten hatte sie die Liebe des Publikums für sich, hatte einen Kultfilm und konnte sich die Rollen und die Filmpartner aussuchen. Sie hatte einen starken Mann an ihrer Seite, der war auch fraglos anerkannt, schien ihr, gerecht oder ungerecht, aber in der öffentlichen Wertung leicht ein paar seriöse Huldigungen voraus zu sein.

Das begründet auch nichts.

Irgendwo und irgendwann, gerade im Triumph oder in der Krise, passierte ihr, was viele vor ihr ebenso erst als Erleichterung und dann als Weg in die Zerstörung gewählt hatten.

Die Flucht aus diesen elenden und beschämenden Zuständen haben viele versucht. Ist es erst Sucht, wird das sehr schwer. Die Rückfallquote liegt in den neunziger Zahlen.

Zwanzig Jahre Raubbau an der Gesundheit, Zudröhnen, Abbau von Hirnzellen, die nicht ersetzbar sind. Hilft es denn gar nicht, daß Dashiell Hammett oder Fallada, um nur die beiden zu nennen, alles aufgeschrieben haben, was es über den unaufhaltsamen Verlust des Ich zu sagen gibt?

Bisher gibt es nichts. Nur, daß jemand aufhört damit und daß er lernt, mit dem nüchternen Leben und den gesundheitlichen Spätfolgen zu leben. Nach der Geburt seiner Tochter Anna sagte Heiner Müller in einem Interview: „Ich bedaure am meisten, daß ich meine Tochter nicht aufwachsen sehen werde. Es wäre besser gewesen, manche Flasche Whisky und manche Zigarre nicht anzufassen." – „Das hätten wir uns auch gewünscht", sagte ein Mitarbeiter.

Aber sie hat es geschafft, sie ist trocken. Und da sie begabt ist und doch so populär war, und sie war nicht nur schön, sondern auch eine gute Schauspielerin, ist das in unserer Mediengesellschaft eine Nachricht.

Das leichte Zittern ihrer Finger und diese ganz bestimmte Unterlegenheit im Blick werden ihr bleiben. Aber sie hat neue Vorhaben und wurde eine Weile von Talkshow zu Talkshow gereicht.

Dann hat sie ein Buch geschrieben, lesenswert, wenn man wissen will, wie schlecht es einem Menschen mit sich selber gehen kann.

Es gibt auch ein paar Sätze über die anderen, die Mitbetroffenen. Das nimmt aber entschieden weniger Platz ein. Wohl auch in der Seele, denn schon der Titel verkündet den Triumph: Ich war es, ich habe es geschafft, ich ich ich. Ich habe mein Leben in den Dreck getreten und es da wieder herausgeholt, ICH.

Ich verstehe: Zur Heilung gehört die Reparatur des Selbstbewußtseins, das unter den Trümmern noch zu finden sein muß. Irgendwo unter der Schamlosigkeit, mit der auch Harald Juhnke noch kurz vor dem endgültigen Aus verkündete, der Arzt habe ihm gesagt, er sei kein Alkoholiker, sondern ein Trinker, das wäre etwas ganz anderes.

Aber vor dem Ende hat er uns noch das Porträt eines Trinkers gespielt, in verzweifelter Großartigkeit hat er uns die Mechanismen vorgeführt, die Fallada aus intimer Kenntnis aufgeschrieben hat. Juhnke war dieses eine Mal nicht albern, er war genial, und wir verdanken dieser Darstellung das Wissen, daß dem Betroffenen durch Appelle oder gnadenloses Aussprechen auch keine Hilfe zuteil wird. Denn er weiß ja alles selber, er weiß es, so armselig die Moral wird, die als erstes entbehrlich wird, denn sie ist zu unbequem.

Darüber denke ich seit Jahrzehnten nach. Müssen wir den besonders begabten, extra beschenkten Menschen eine andere, eine für uns nicht taugliche Moral zugestehen? Met und Manna ihnen, auch in verschwenderischem Maß? Gehört das zu manchem Werk und käme es sonst nicht zustande? Ich kenne alle Argumente dafür – und alle Beispiele dagegen.

Also weiß ich es nicht und werde es nie wissen.

Nur etwas fehlt mir in diesem Buch, das ich ziemlich unangestrengt geschmökert habe. Es fehlt mir bei den Fernsehauftritten, bei ihr ebenso wie bei anderen, ähnlich Betroffenen. Sie haben sich für den Auftritt festlich gekleidet, kundig geschminkt, sehr besonders vorbereitet. Was mir fehlt, ist leicht zu sagen. Ich möchte einmal von einem Menschen, der erlegen war und sich retten konnte, hören oder lesen: Ich habe es geschafft. Aber vorher habe ich viele Menschen verletzt. Ich weiß, daß ich oft unerträglich war und andere ständig als Müllabfuhr oder Ausrede für mich benutzt habe. Dafür möchte ich mich entschuldigen. Ich habe mich oft ungeheuerlich benommen, an anderen meine Wut und meinen Haß ausgelassen. Nicht nur zu Hause, auch in der Arbeit. Wenn ich besoffen war, habe ich geohrfeigt und beschimpft, unflätig und ungerecht. Ich war unzuverlässig und beleidigend. Es tut mir leid.

Wer mit einem Alkoholiker lebt, gefährdet immer auch die eigene Würde und befindet sich in einer Privathölle. Respekt vor jedem Menschen, der aus der Tiefe wieder herausfindet, ob als Verursacher oder als Mitbetroffener. Es mindert den Wert solcher Leistung nicht, neben dem Stolz auch zur Dankbarkeit und dem Bedauern zu finden. Demut ist nicht nur ein altmodisches Wort, wenn auch ein selten zutreffendes.

So darf man nicht reden. Sie hat es geschafft, und dafür Respekt.

Salud

Meine Lieben, meine Freunde, meine Mitstreiter, Weggefährten, meine Töchterlichen, ich muß mich verabschieden und wieder raus auf die Piste.

Wir werden uns wiedersehen, bald oder demnächst, und ich freue mich darauf, denn die Zeiten sind, wie sie immer waren: Wir haben uns viel zu sagen und sehen uns zu selten.

„Wie gut ist es, daß man altert, endlich die Zeit anbricht, wo die Fesseln sich lockern, einem noch einmal wie in der Kindheit einige Jahre geschenkt werden, in denen selbst die Natur bestrebt scheint, die Gitter zu öffnen! Zeiten der Freiheit, Zeiten der Ernte." (Aus dem Roman „Sackgassen" von Thea Sternheim)

Es wäre noch viel zu sagen, was diese Abgeklärtheit Lügen strafen will.

Auch Tapferes von den Alten. Mikis Theodorakis war mir immer sehr nah, und es hat mir gefallen, seine Lieder nachzudichten, so daß auch die „Mauthausen-Kantate" in deutscher Sprache gesungen werden konnte. Er hat eine Autobiographie geschrieben, die ihn als bedeutenden Autor ausweist. Aber nun noch einmal, mit über achtzig Jahren, richtet er, auch für seine toten Genossen, einen Appell an die Welt, das Gespenst in Europa nicht wieder auf der falschen Seite zu sehen.

Abu Jamal ist, wahrscheinlich unschuldig, noch immer in der Todeszelle. Vanunuu darf das Land, in dem er Jahrzehnte in Einzelhaft gesessen hat, nicht verlassen, sie haben den Physiker, der über Israels Bombe gesprochen hat, gerade wieder verhaftet.

War alles umsonst? Unsere Unterschriften, Briefe, Demos? Nein, sagte Angela Davis, als wir uns nach über zwanzig Jahren wiedersehen. Sie sagt: „Als die Postsäcke mit Tausenden von gemalten Rosen aus der DDR kamen, wurden die Wächter anders und ich bekam besseres Essen."

Kuba hat die geringste Kindersterblichkeit, die wenigsten Analphabeten, und was die Gleichberechtigung der Frauen anlangt, sind die uns Europäern ein Stück voraus. Darüber ist aber weniger bekannt als das, was sie tatsächlich noch zu leisten haben. Wie denn, an jedem Tag seit ihrer Befreiung als Kolonie so bedroht, so umzingelt, so vielen Angriffen unterschiedlichster Art ausgesetzt.

Bush hält an Guantanamo fest und streitet für die Reisefreiheit in Kuba.

Es ist für Leute wie uns nicht die Zeit der Ernte, auch wenn wir uns das für unser Alter einmal erhofft haben mögen.

Das Alter setzt auch vorher ungeahnte Kräfte frei. Die der Gelassenheit, der Fähigkeit, wenigstens manchmal das Wichtige vom Unwichtigen zu trennen.

Für mich haben drei Winter das Leben etwas beschwerlicher gemacht: einer in der Seele, dann der da draußen mit seinen ungewohnt harten Erscheinungen, und der, den uns die Politiker für das Leben unserer Nachgeborenen androhen. So wenig Chance gab es nie.

Wir sind nicht alle Menschen mit überragenden Begabungen und enorm viel Kraft, wir sind nicht alle mit ständigem Überblick gesegnet, nicht jeder von uns stemmt sich mit klug eingesetzter Kraft gegen die Verhältnisse. Nicht jede Frau wird im einzig richtigen Moment schwanger, nicht jede fängt sich gleich wieder ab oder auf, wenn ihr unverschuldet die Niederlage des Raussetzens zuteil wird.

Jeder von uns hat seine eigene Tüchtigkeit. Die im Leben unterzubringen, das muß möglich sein. Es ist keine gute Welt, die sogar offen zugibt, daß sie mit denen außerhalb der Eliten in der Zukunft kaum was anzufangen weiß. Die werden nicht mehr gebraucht, die werden draußen bleiben. Einsehbar, daß die technische Revolution den Wechsel von schwerer körperlicher Arbeit zu Knopfdruck mit sich bringt. Da werden große Kosten gesenkt.

Es mangelt nicht an Arbeit. Sieh die Natur, wieviel Hilfe sie brauchte, um sich von all den Untaten an ihr zu erholen.

Sieh die Kinder, sieh den Zustand der Jugendklubs, sieh die gesellschaftliche Hilflosigkeit gegen die gewachsene Aggression der Jungen, die sich austoben, weil sie keine Möglichkeit und das Wissen nicht haben, sich auszuleben.

Der Satz: „Es ist der Wirtschaft doch egal, wer unter ihr regiert“, sagt alles, aber die Politiker nehmen außer sich selber und ihrer fetten Versorgtheit nichts mehr wahr.

Das alles macht zornig, aber Zorn hat man nur, wenn die Kraft noch reicht.

Ich spüre sie wieder, noch ehe der Frühling wenigstens einem Strauch oder dem Bäumchen auf meinem Balkon im 25. Stock eine Knospe spendiert, die mir vom Überleben kündet.

So will ich mich aber nicht verabschieden. Nicht fürs erste, und nicht für immer.

Ich habe noch eine tapfere Erwartung an einer langen Leine, deren Ende ich nicht sehen kann, auch nicht sehen will. Ich hänge trotzdem auf ihr meine Wäsche auf, und alles, was ich gerade nicht gebrauchen kann. Mich selber auch?

Nein, ich will ja wissen, was noch kommt.

Laß doch
die Niederlage mag uns streifen
wir brauchten sie nicht
um an ihr zu reifen
aber laß die Spur nicht in dein Gesicht
zwischen dir und mir
wächst eine Pflanze
der mag es noch so dreckig gehn
ein bißchen Grün läßt sie immer streben
also, auf die paar Herzbesoffnen
die ihre Ernüchterung überleben

Nach den Bucherfolgen jetzt auf CD: Gisela Steineckert live

Gisela Steineckert
Das Schöne an den Frauen
1 CD, 70 min., 12,90 Euro
ISBN 3-359-01089-2

Erschienen bei Ohreule
im Eulenspiegel Verlag

Das Schöne an den Frauen ist, wie sie mit dem Groschen knausern und mit dem Herzen verschwenden. In der Arbeit kommen sie schnell auf den Punkt, in ihren Irrtümern ewig nicht. In ihren wichtigsten Jahren sind Frauen immer so in Eile, daß sie nicht einmal die Angst vor dem Zahnarzt in aller Ruhe genießen können. Frauen sind alles ganz und gar, oder gar nichts. Auch das ist das Schöne an ihnen.

Gisela Steineckert
Das Schöne an der Liebe
1 CD, 76 min., 12,90 Euro
ISBN 3-359-01090-6

Erschienen bei Ohreule
im Eulenspiegel Verlag

Das Schöne an der Liebe ist, daß es sie gibt. Wer nicht furchtbar geliebt hat, hat nicht herrlich gelebt. Liebe kann ein Heimweg sein oder in Welten führen, die man besser nicht gesehen oder wenigstens früher verlassen hätte. In der Liebe liegen uns die richtigen Worte auf der Zunge, aber einen Augenblick zu spät heißt, eine Ewigkeit vertun. Wenn wir am Ende unseres Lebens zählen, was gezählt hat, dann war in allem Liebe, und ohne Liebe war alles nichts.

www.ohreule.de

ISBN-10: 3-360-01278-X
ISBN-13: 978-3-360-01278-4

Neue Grünstraße 18, 10179 Berlin
Umschlaggestaltung: ansichtssache – Büro für Gestaltung, Berlin
Druck und Bindung: Salzland Druck, Staßfurt

Die Bücher des Verlags Das Neue Berlin erscheinen in der Eulenspiegel Verlagsgruppe.

www.das-neue-berlin.de